Demain est un autre jour

Kennes
www.kenneseditions.com

Conception graphique de la couverture : Extra Bold
Crédits photographiques : Jean-Yves Limet (www.jylimet.com)
Dépôt légal : D/2024/13.105/11
ISBN : 9782380759761 | NUART : 6947663

Imprimé en Europe.

François De Brigode

Demain est un autre jour

PROPOS RECUEILLIS PAR

Martial Dumont

À Marie, Sarah, Ulfie, Orso et
Thomas Jean et aussi à toutes celles
et tous ceux qui font ou ont fait ce
que je suis devenu. (FDB)

TABLE DES MATIÈRES

Préface

« Hellooo hellooo ! » Il débarque à la rédaction comme un seigneur en son domaine. Blouson de cuir, mallette éternelle, dégaine de grand qui a su rester mince malgré le bon vin et le chocolat... C'est François ! « FDB » : ses initiales à la RTBF.

Son rire résonne en réunion. De coups de gueule en coups de com, il oriente, tranche, zappe entre information et dérision. Jamais il ne se lasse. Le côté face. Côté pile : le costume cravate, « Madame, Monsieur, bonsoir », pilier du journal télévisé depuis plus de vingt-cinq ans.

Comment vous raconter ce qu'il se passe alors en coulisses ? Comment dévoiler un peu, sans rien trahir, en restant ce que je suis depuis plus de vingt ans : sa complice ?

Parfois, je ne reconnais plus les invités, parfois c'est lui qui oublie de les annoncer. « Nath, où sont mes lunettes ? Tu as vu mes feuilles ? C'est quand encore, le débat des présidents ? » Combien de fois, dans l'urgence, a-t-on perdu la notion du temps ?

Dans les prépas, il est parfois distrait. À l'antenne, en direct, c'est un professionnel toujours aux aguets.

Il en a vu, des plateaux, il en a fait vivre, des heures d'antenne. Actu chaude, interviews sous tension : ne vous fiez pas à un semblant de nonchalance, son expérience fait la différence.

Un regard échangé, on modifie nos plans. De quoi faire réagir l'invité. C'est ça aussi, la complicité au cœur de l'actualité.

Chaque jour, il faut faire des choix. Les audiences suivent, ou pas... Mais l'envie d'informer est là. Intacte comme aux premières années. Sa force, c'est aussi une indéniable combativité.

Et que dire de son humour... car François, c'est un condensé de bons mots, une canaille même dans la bataille. Parfois mordant, souvent attachant. Sur le vif, incisif, corrosif. Peut-être la recette pour tenir au fil du temps.

C'est lui que vous allez découvrir au fil de ces pages. L'homme derrière le micro, l'homme devant la caméra, l'homme qui vit dans la lumière depuis tant d'années, mais qui apprécie l'ombre de sa tanière dans un petit coin de France qu'il a adopté.

Cet homme-là, vous pensez le connaître, avec ses forces et ses faiblesses à l'écran. Imaginez-vous seulement ses fous rires, ses délires, les confidences et questionnements qui s'installent au fil du temps et des moments stressants ? À vous d'en savoir un peu plus sur cet audacieux qui se permet de s'inviter dans votre foyer depuis tant d'années.

NATHALIE MALEUX

Prologue

13 décembre 2006. Il est 20 h 12. « Questions à la une », le magazine d'investigation du mercredi, est lancé. Jean-Claude Defossé sort de l'hôtel de ville de Charleroi. Les affaires politico-financières battent leur plein dans la métropole sambrienne. Deux questions vont être développées : « Faut-il supprimer les allocations de chômage ? » et « Les Flamands sont-ils plus corrompus que les Wallons ? »

Soudain, le programme est interrompu pour une émission spéciale, que je présente. Il est 20 h 14. La mine grave et le ton solennel, je me lance : « Bonsoir à tous, l'heure est grave. Excusez-nous pour cette interruption. Événement exceptionnel, moment exceptionnel. Nous devons en effet interrompre "Questions à la une" pour vous présenter une page très spéciale du journal télévisé : la Flandre va proclamer unilatéralement son indépendance. Vous l'avez compris, le moment est important. En clair, la Belgique en tant que telle n'existerait plus. »

Boum ! En direct du Palais royal, un journaliste annonce un véritable coup de tonnerre : Albert II projette de se déclarer dans l'impossibilité de régner et de quitter le pays. Les images fusent, dont celles du Premier ministre et de Joëlle Milquet quittant Laeken à la sauvette, sans faire un commentaire.

Nous avons déjà des interviews. L'indépendantiste Jean-Marie Dedecker notamment, qui se réjouit, et le président du Parlement wallon, José Happart, que la nouvelle n'étonne qu'à moitié.

Mon collègue et comparse Alain Gerlache me rejoint en plateau pour une première analyse de la situation. Un numéro d'appel apparaît à l'écran pour que les téléspectateurs puissent réagir à cette nouvelle incroyable. Les reportages se succèdent : à la STIB, chez les indépendantistes wallons et flamands, à la police de Bruxelles qui se demande si elle va devoir patrouiller sur la frontière linguistique avec des gilets pare-balles… Les thématiques s'enchaînent : *quid* de Bruxelles, des télécommunications ? Y aura-t-il une Belgique résiduelle composée de la Wallonie et de Bruxelles ?

20 h 44 : un bandeau conçu en catastrophe apparaît : « Ceci n'est peut-être pas une fiction ». 20 h 48 : c'est carrément « Ceci est une fiction » qui s'installe à l'écran.

Les réactions rythment l'émission : Jean-Luc Fonck, Annie Cordy, Axelle Red, l'économiste Étienne de Callataÿ, le ministre-président de la Communauté germanophone, Karl-Heinz Lambertz, Herman De Croo, Étienne Davignon ou encore le ministre VLD Guy Van Hengel qui, depuis l'Atomium, déclare que « les politiques du Nord du pays ont perdu le Nord »…

Et puis il y a les duplex avec nos journalistes sur le terrain : au Parlement européen, Danièle Welter depuis le Parlement wallon. Un autre est devant le Parlement flamand où l'on rédige, dit-on, la Constitution flamande…

Élisabeth Burdot, qui suit pour la RTBF l'investiture de Joseph Kabila au Congo, intervient pour annoncer que le roi Albert II va atterrir à Kinshasa. Les Congolais, dit-elle, sont ravis de savoir que notre Roi, descendant de Léopold II, vient leur demander l'asile…

Plus l'émission avance, plus mon visage est grave. Parce que, dehors, c'est le souk. Les réactions pleuvent. À ce point que, plusieurs fois, je glisse dans mes commentaires qu'il s'agit d'une fiction.

Il est environ 22 h. J'annonce que la situation est très confuse. Des bruits d'avions de chasse commencent à couvrir ma voix. Des images de la tour Reyers dans la nuit apparaissent. Dans le ciel, des dizaines de parachutistes sautent sur la RTBF. Une sirène d'alerte retentit. La tour s'écroule. Je reviens à l'antenne pour rappeler que cette émission était une fiction. J'invite les téléspectateurs à nous envoyer un SMS pour nous dire s'ils y ont cru ou pas.

« L'indépendance de la Flandre, qui était l'objet de cette émission, n'était qu'une fiction. N'empêche que cela sera peut-être un jour une réalité et cela aura peut-être des conséquences. Merci et bonne soirée. »

Rideau. Je souffle un coup. Alain Gerlache aussi. Un peu comme David Vincent dans *Les Envahisseurs*, je sais que le cauchemar a déjà commencé. Sans savoir que je viens de participer, avec toutes les équipes, à un moment d'histoire de la télévision. L'agitation autour de « Bye bye Belgium » durera un peu, et puis nous passerons à autre chose, reprenant notre métier de journaliste avec plus de passion encore. Parce que demain est un autre jour...

Introduction

Vingt-cinq ans. Et une rawette, comme on dit du côté de Charleroi. Vingt-cinq ans à, tous les jours, débarquer chez les gens à 19 h 30 et, pendant une demi-heure, « leur dire la vérité ». Entendons-nous bien : je n'ai pas la prétention de la détenir, la vérité. Tant s'en faut. Mais disons que j'essaie de faire de mon mieux pour apporter aux téléspectateurs du JT de la RTBF un certain regard sur le monde. Le monde du coin de leur rue. Ou le monde du bout du monde.

J'aurais pu concevoir ce bouquin pour mes vingt ans de présentation. Certains journalistes de la rédaction me l'avaient d'ailleurs suggéré, *in illo tempore.* Sans doute parce qu'au fil des années, j'ai accumulé une série d'anecdotes que je raconte parfois, je le confesse, avec une certaine truculence. Mais fondamentalement, j'avais le sentiment que ça n'intéresserait personne. Parce que les choses passent. Elles ont de l'importance sur le moment. Et puis disparaissent aussi vite dans les limbes de l'histoire.

Cela dit, à force d'entendre ma famille, mes amis, mes collègues me répéter que ce serait une bonne idée, parce que j'ai, selon eux, « marqué l'histoire de la télévision dans notre pays » (!), je me suis laissé tenter. Même si je reste convaincu, sans fausse modestie, que tout le monde m'aura oublié le lendemain de mon dernier JT. Croire qu'on est indéboulonnable est une erreur. J'en veux pour preuve que je ne manque évidemment à personne la semaine où ma collègue et amie Nathalie Maleux présente le JT. Et les journaux du week-end ne m'attendent pas non plus pour être très bien réalisés par mes camarades.

Mais bon, je l'avoue : un quart de siècle à informer, analyser, décrypter, à amener l'info chez les gens, de la plus insignifiante à la plus pertinente, pour comprendre le monde de plus en plus compliqué dans lequel nous vivons, ce n'est effectivement pas rien. Enfin, je crois...

Alors quoi, me demanderez-vous ? Le bilan d'un presque dinosaure de l'info ? Pas mon genre. Pas plus que de me vautrer sur un divan de psy façon Henry Chapier pour me mettre à nu devant tout le monde. En dépit de mon image publique, de ma réputation de fêtard et de potache qui aime amuser la galerie, je suis quelqu'un d'assez pudique. Je ne voulais pas non plus faire une biographie en mode « vie et œuvre de François De Brigode », parce que certains aspects de ma vie ne sont absolument pas intéressants.

Simplement, je voulais partager ma passion pour mon métier de journaliste. Car oui, on l'oublie parfois, mais avant d'être présentateur « *anchor man* », comme on dit aux États-Unis, je suis un journaliste. Et je le resterai jusqu'au moment où j'irai manger les vignes des Corbières par la racine. J'avais envie d'expliquer pourquoi je fais ce métier. Je suis un curieux de nature. Et puis je m'intéresse aux autres. Pas uniquement dans ma sphère privée, dans une logique amicale ou de fausse compassion. Depuis que je suis môme, j'ai toujours eu l'impression de vouloir comprendre les choses. Vous voyez ces enfants qui assomment leurs parents de « pourquoi ? pourquoi ? pourquoi ? » C'est un peu mon genre. En ce sens (et dans bien d'autres), je suis resté un grand gamin. Et justement, ce qui est génial dans ce métier, c'est qu'on peut apporter des réponses aux cinq questions fondamentales qui traversent la société par le prisme de l'info : qui ? où ? quand ? comment ? pourquoi ? On n'y arrive pas toujours, bien sûr. Mais écrire ce bouquin avec la complicité d'un autre journaliste, mon copain Martial Dumont, c'était aussi une manière pour moi de me demander si j'ai bien fait le travail, si j'ai pu répondre à ces cinq questions pendant toutes ces années. Sachant que dans ce fabuleux métier, on est parfois prisonnier de ce qu'on appelle la « dictature de l'info ».

Et puis je trouve qu'il est important aussi de montrer la face B. D'expliquer le milieu dans lequel on a évolué et qui conditionne immanquablement ce qu'on devient. Professionnellement, mais pas que. Parce qu'une vie, ce n'est pas que le boulot.

Je dis souvent qu'on est ce qu'on est grâce aux autres. Ils nous permettent d'évoluer, soit en nous apportant du positif, soit en nous montrant la voie à ne pas prendre parce qu'on ne veut pas devenir comme eux. C'est pour ça que ce métier est passionnant. On est obligé, en permanence, de s'intéresser à tout. Et, *de facto*, on s'intéresse aussi à des choses qui ne concernent pas notre métier. Je suis un passionné de rock. Mais aujourd'hui, pour le boulot, je dois m'intéresser au rap. Si je ne le faisais pas, je serais complètement à côté de mes pompes. Est-ce que j'écoute du rap chez moi ? Pas nécessairement. En clair, j'essaie d'appliquer une démarche journalistique dans ma vie quotidienne. Et de cultiver la curiosité pour en révéler l'essence et le sel.

Je dois reconnaître que c'est un brin fatigant. Être curieux, c'est tout sauf mettre ses méninges au repos. On m'accuse souvent d'être insouciant. Si je l'ai été, je le suis beaucoup moins aujourd'hui. Ensuite, la curiosité, c'est peut-être ma manière à moi de tenter de répondre aux grandes questions de la vie sans nécessairement me prendre au sérieux. Vouloir en permanence comprendre « pourquoi » est donc chez moi loin d'être une déformation professionnelle. Je suis né et je mourrai avec des questions.

Ma curiosité, je la qualifierais de positive. Tous les matins, j'allume mon iPhone à 6 h 45 et je déjeune à la rédaction. Parce que je veux vite savoir, comprendre. C'est ça, la force de ce métier : essayer de tout mettre en perspective. Y parvient-on ? Je n'en sais rien.

En tout cas, passer au crible les grands événements qui ont jalonné ma vie relève de la même démarche : ce que j'ai considéré comme important l'est-il toujours ?

Mais surtout, et c'est probablement l'essentiel, j'avais envie de prendre du recul et de tenter de mettre en exergue l'importance que mes amis, ma famille ont eue pour moi depuis que je suis tout petit. Tout en étant conscient que je suis aussi quelqu'un de très solitaire. C'est bien sûr toujours très facile de dire qu'on aime la solitude quand on sait qu'on n'a pas que la solitude dans la vie. Il y a des gens qui sont fondamentalement seuls. Ma solitude à moi, c'est un luxe. Oui, c'est un luxe de pouvoir prendre du recul, de me retirer tranquille dans ma cabane. Parce que je sais que quand je sortirai, je retrouverai ceux que j'aime.

Et puis enfin, avec ce bouquin, je voulais montrer que je suis un homme comme les autres. Avec ses forces, ses faiblesses, ses envies, ses logiques, ses secrets (ne rêvez pas, vous ne les connaîtrez pas tous).

Un homme à qui on demandera peut-être un jour : « Qu'avez-vous fait de votre vie ? », et qui répondra en wallon de Charleroi : « D'jai fé m'possip. » Je n'ai pas fait ce métier pour le public, même si je suis parfois ravi de lui plaire. Je suis journaliste pour le plaisir de pouvoir me dire : « On a fait un bon JT et je crois que j'ai quand même transmis un petit quelque chose. » C'est ça que j'avais à cœur de vous faire découvrir : un univers que vous ne connaissez pas nécessairement et qui me permet d'exercer ce que je considère comme le plus beau métier du monde. Le François De Brigode de la lucarne n'est pas celui de la vie quotidienne, ce serait d'ailleurs bien triste. Mais ne vous méprenez pas et rassurez-vous : ce bouquin n'est ni un exercice onaniste ni une manière de me libérer d'un quelconque poids lié à la pénible vie de personnalité publique. Je n'ai jamais considéré que le fait de me faire arrêter dans la rue, d'être reconnu, interpellé, était une sorte de rançon de la gloire. Il n'y a aucune gloire à tirer de tout ça, tout juste une petite auréole futile au-dessus de la bouille d'un présentateur qui fait de son mieux. D'autant que je ne suis pas le seul à le faire, ce mieux : j'ai toujours refusé qu'on parle du « journal de François De Brigode ». C'est le journal d'une équipe. Et quand on répond aux questions des téléspectateurs, c'est surtout et avant tout un journal qui leur appartient.

Montrer les coulisses, c'est aussi une manière de permettre aux spectateurs une appropriation plus forte encore de l'univers de l'info. Qui n'est pas impitoyable comme à Dallas ! Surtout dans notre pays où la starification n'a pas vraiment voix au chapitre. Ce n'est pas le cas en France, par exemple, où les salaires des présentateurs de JT sont indécents. Je ne dis pas ceci par jalousie, car il serait proprement indigne de se plaindre. Mais j'ai toujours été convaincu qu'un médecin urgentiste était bien plus important pour la société qu'un présentateur de JT. Pareil pour les profs, dont certains sont capables de sauver des vies quand leurs étudiants sont au plus bas. C'est d'ailleurs l'un de ces profs qui m'a aidé à trouver ma voie, alors que j'étais plutôt de la race des cancres. Sommes-nous importants ? Oui. Sommes-nous vitaux ? Certainement pas. Il faut démystifier notre rôle. Parce que les choses ont changé. Aux débuts de la RTB, quand il n'y avait pas de concurrence, les présentateurs étaient les rois du macadam et beaucoup de monde leur faisait des courbettes. Aujourd'hui, c'est terminé. N'importe qui peut lancer sa chaîne sur YouTube. Alors ayons un peu d'humilité...

Bref, ce livre, c'est également une mise au point, pour reprendre le titre d'une émission politique que j'ai adoré présenter. Pour faire comprendre à chacun qu'en dépit de ma petite célébrité, je suis parfaitement conscient d'une chose : oui, ça s'arrêtera un jour !

Chapitre 1

UNE ENFANCE CAROLO

UN PAQUEBOT ROSE

« Quand les gens me demandent le lieu où je suis né, une fierté si grande me pousse à leur chanter : ma ville est la plus belle, c'est là que mon cœur bat. Mes couleurs éternelles, je suis de Charleroi. »

Les plus acharnés des supporters du Sporting auront reconnu le chant iconique de la non moins mythique T4 du Mambourg. Et j'avoue qu'il me correspond assez bien. Non pas que je sois Zèbre jusqu'au fond des tripes, mais simplement parce que je suis né à la maternité qui se trouve à côté du stade, en Ville-Haute, le 9 juillet 1962.

La maternité Reine Astrid, le Paquebot rose, comme on l'appelait, chef-d'œuvre architectural de Leborgne construit en 1937, a été détruite en 1988. Au grand dam des Carolos, dont la moitié des plus de 40 ans ont vu le jour là-bas, qui considèrent encore aujourd'hui que c'était une erreur de la raser tant elle était emblématique de l'architecture du Pays noir.

Je suis issu d'une famille relativement bourgeoise, mais ouverte. Pas vraiment du genre doigt sur la couture du pantalon. Raison pour laquelle mon père n'a jamais voulu me mettre à l'Athénée de Charleroi, où se bousculait « l'élite ». Comme le chante Renaud, une école privée... de racaille.

Et puis, soyons honnête, mon paternel savait très bien qu'à Charleroi, j'avais toutes les chances de me faire virer. Voilà comment je me suis retrouvé à l'Athénée de Châtelet, où les chahuteurs de Charleroi étaient souvent envoyés, quand ils n'étaient pas exilés à l'Athénée de Marcinelle. Question de réputation. Souvent injuste, d'ailleurs. À mon époque, par exemple, Châtelet avait le plus haut taux de réussite universitaire de la région. J'y ai passé six années formidables en dépit d'un parcours scolaire un brin chaotique.

Dans ces années-là, l'enseignement rénové était la règle, même s'il a toujours été très décrié. Mais à Châtelet, c'était particulier. Le préfet avait réussi à imposer un savant mélange entre le côté rigoriste de l'enseignement traditionnel et l'aspect plus ouvert des nouvelles méthodes. Et ce qui plaisait à mes parents, c'était la mixité sociale qu'on y retrouvait : le professionnel, le technique et le général dans la même institution, ce n'était pas courant. Mais ça permettait un brassage inclusif qui ouvrait les esprits et les cœurs.

Ma première année s'est passée sans trop de heurts. J'étais ce qu'on appelle un élève moyen. Mais ça n'a pas duré longtemps. En deuxième, pour le dire platement, ça a dérapé. Fort de mon expérience en première, je me suis clairement dit que si toutes les études étaient aussi simples, c'était « *fingers in the nose* ». Résultat des courses : seconde session jusqu'en rhéto, sauf en quatrième. Jusqu'à huit échecs par bulletin : avec des parents profs, autant dire que les retours à la maison étaient un peu tendus.

Je n'ai jamais été un très bon élève, mais j'étais déjà curieux de tout. Et puis surtout, j'adorais l'ambiance de l'école, où j'ai rencontré mes deux meilleurs amis, Franco Meggetto et Jean-Luc Labbé, avec qui je traîne mes guêtres depuis près de cinquante ans.

Malgré notre attitude un chouia rock'n'roll, c'est là que nous avons été repérés par deux enseignants, Jean-Marc Masquelier et Jules Boulard, tous deux profs de français. Avec eux, nous participions à des ateliers audiovisuels organisés avec les moyens du bord, sans financement officiel. C'est peut-être là que m'est venue la fibre journalistique. Je constate en tout cas que Franco, Jean-Luc et moi sommes tous trois devenus journalistes, même si mes deux potes ont aujourd'hui quitté la presse.

C'est aussi grâce à ces profs-là que je garde un énorme respect pour le corps enseignant. J'ai toujours admiré les professeurs qui croient en leurs étudiants, non pour leurs notes, mais pour leur talent ou, à tout le moins, pour leur potentiel. C'est peut-être un peu prétentieux, mais ce fut mon cas. Pourtant, ce n'était pas gagné. À 12 ans, mon rêve, c'était d'être agriculteur. Ne me demandez pas pourquoi, mais ça me passionnait. Toujours est-il qu'avant d'entrer en humanités, mon père m'a envoyé bosser pendant deux mois dans une ferme. Une expérience... Je n'étais déjà pas fort gras. Mon séjour à la ferme m'a méchamment amaigri. J'étais devenu tellement mince qu'on aurait pu me faxer...

J'ai travaillé dans deux types de fermes : l'une avec animaux, l'autre céréalière. Quand j'en suis revenu, je ne voulais évidemment plus être fermier. Mes patrons ne m'ont pas fait vivre façon *gentleman farmer.* C'était une vraie vie de garçon de ferme. Je bossais comme un fou pour mon jeune âge, je me levais tôt. C'est là sans doute que j'ai compris que je serais mieux à l'école, n'étant pas fait pour ce genre de vie... et que je ne serais jamais fait pour présenter les infos au petit matin... Mais c'est aussi là que j'ai peut-être nourri mon intérêt pour le journalisme : mes patrons lisaient *Le Sillon belge,* le journal du monde agricole, tous les jours. À 14 ans, je savais que je voulais devenir journaliste.

UNE PASSION PRÉCOCE POUR LA RADIO

L'université a incontestablement renforcé mon goût pour l'info. Et sans doute aussi pour les différents médias, dont la radio. Une passion qui vient de mon enfance : à cette époque, je faisais comme tous les gosses de mon âge. Une fois dans mon lit, j'écoutais le poste sous mes couvertures. Mon émission fétiche, c'était « Les Routiers sont sympas » de Max Meynier, et mon présentateur préféré, c'était Georges Lang, que j'ai rencontré et avec qui je suis en contact encore aujourd'hui.

Mon parcours professionnel n'en témoigne pas particulièrement, mais je suis au départ un homme de radio. À l'Athénée de Châtelet, on voulait déjà en monter une. Et lors de nos fameux ateliers audiovisuels, on passait notre temps à imiter Antoine de Caunes dans « Les Enfants du rock », émission qui cartonnait.

On faisait les présentations sur le toit, ce qui avait l'art d'énerver les surveillants. Évidemment, nous étions encadrés par les profs, qui devaient sans doute se dire que pendant qu'on faisait ça, on ne faisait pas de conneries...

Par la suite, j'ai participé au lancement de Radio Métropole avec Eric Lannoy. Je m'occupais déjà des infos, et ma volonté était vraiment de faire de la radio mon métier. Parce que c'est sans doute le média le plus souple qui existe.

Et puis l'info, bien sûr. Mes parents achetaient trois journaux : *Journal et Indépendance*, qui n'était pas encore *Le Peuple*, *Le Soir*, qui avait énormément de pages régionales, ce qui n'est malheureusement plus le cas, et puis *Le Nouvel Observateur*. Souvent, ils complétaient le tableau médiatique domestique avec *Paris Match*. C'est d'ailleurs là peut-être la source de ma passion pour la photo.

Petit, j'étais littéralement baigné dans l'actu. Mais sans télé, par contre. Elle n'a fait son entrée chez moi que vers mes 12 ans. C'est ainsi que j'ai vu le premier pas de l'homme sur la Lune le 21 juillet 1969 non pas chez moi, mais chez mon grand-père, à Montignies-sur-Sambre, à côté de l'Olympic. La télé dans ma vie, c'est une sorte d'accident : elle est venue à moi tard et par hasard.

La radio, par contre, fonctionnait tout le temps. On ne l'écoutait pas toujours, mais on l'entendait en permanence. C'était un bruit de fond. Il y avait à l'époque une émission de Jacques Mercier dont j'ai oublié le nom. Elle avait pour moi un goût de soupe. On associe souvent des événements à des goûts, des odeurs. Jacques est toujours vexé quand j'évoque devant lui cette curieuse madeleine de Proust...

PIGEON VOYAGEUR...

En dépit de mes études châtelettaines, je suis donc un carolopithèque consommé. J'ai d'ailleurs habité à de nombreux endroits de Charleroi. Mes dix premières années, je les ai passées dans le quartier du Gadin, à Mont-sur-Marchienne, dans une rue qui a le plus beau nom du monde : rue Murmure des grands arbres. Hasard des choses, quelques années après moi, mon collègue Laurent Mathieu est né à deux rues de là. Le Gadin, c'était un petit village dans le village. J'adorais. Et puis un jour, mon père s'est aperçu qu'il avait oublié de renouveler le bail. Du coup, foutus à l'uche, comme on dit chez nous. Direction le quartier de la Plagne à Montigny-le-Tilleul, près de la maison communale, dans une grande maison fort peu agréable où ma mère a connu une effroyable dépression dont elle ne s'est jamais remise.

J'ai aussi habité dans une maison que mon père avait fait construire à la limite de Jamioulx, non sans passer par la case boulevard Dewandre, en face du Sporting, mais aussi rue de Lodelinsart à mes débuts comme journaliste. Là, j'habitais en face de chez Francis Groff, journaliste bien connu de la place et qui, aujourd'hui, est l'heureux papa de Stanislas Barberian, bibliothécaire enquêteur dans une très chouette série de bouquins policiers. À l'époque, Francis travaillait pour RTL et moi, je démarrais à la RTBF Charleroi. Nous suivions tous les deux l'affaire Steinier dont je reparlerai plus loin. Dans cette sombre histoire, mon voisin Francis et moi, on ne se faisait pas concurrence. On se téléphonait, on se filait des infos. Avec parfois à la clé des repas homériques du genre midi-minuit. Ce qui veut dire aussi que dans l'audiovisuel, la concurrence peut être synonyme de respect et parfois d'amitié.

Après tous ces déménagements, j'ai fait un bref passage par Loverval avant de prendre la direction de Bruxelles dans les années 1990. Un déménagement qui correspond à ma « montée » à Reyers, au JT. Évidemment, pour paraphraser Brel, le plus dur, ce n'était pas d'aller habiter Bruxelles, mais de quitter Charleroi. C'était pourtant inévitable, parce qu'à l'époque déjà, les trajets vers la capitale étaient très pénibles. Surtout avec un métier aussi stressant que celui qui m'attendait...

C'est sans nul doute le premier déménagement dans mon enfance qui m'a le plus marqué. Pourtant, passer de « Mont-sur » à Montigny, ce n'était pas partir pour Rio de Janeiro. Mais quitter une maison d'enfance peut avoir un côté déchirant. Et depuis cette époque, je ne parviens plus à m'attacher pleinement aux lieux ni aux meubles. Je pourrais m'installer n'importe où dans le monde. Oui, je suis Carolo de cœur, mais ça n'a jamais été un problème pour moi de déménager à Bruxelles, par exemple. Et je suis tout aussi capable de vivre à la campagne qu'à la ville, même si je suis fondamentalement un citadin. Je peux aussi très vite tourner la page. Je déteste l'expression « ni remords ni regrets », mais il n'y a chez moi aucune nostalgie, même si je reviens une ou deux fois par mois sur mes terres carolos. Ça fait rire beaucoup de monde, mais moi, je suis bien quand j'arrive sur le ring et que je vois Thy-Marcinelle. Bon, ce n'est pas la Côte d'Azur, mais il y a là une certaine poésie. Comme toute la route de Marchienne qui mène à Monceau, bordée de vieilles usines, j'apprécie. Dites ça à un Bruxellois, il écarquille les yeux en vous traitant de demi-fou. Pareil pour tout le quartier de Charleroi Nord, récemment rénové de fond en comble, avec le bâtiment Solvay, le musée d'art BPS22 : quel cachet !

CHARLEROI MON AMOUR

Tout ça évidemment me lie à Charleroi. Mais pas que ça. Ce que j'adore dans cette ville, c'est la chaleur des gens. C'est un peu bateau, certes, mais c'est une réalité. Où que vous soyez dans le monde, vous tomberez toujours sur un Carolo. C'est probablement vrai pour beaucoup de villes, mais c'est encore plus vrai pour Charleroi. C'est sans doute ça que certaines mauvaises langues appellent la « *carolo connection* », avec une petite allusion fielleuse. Pourtant, ce lien entre les Carolos et moi, par-delà les parcours de vie, les options philosophiques ou politiques, reste indéfectible.

Et puis, plus que les lieux, c'est cette atmosphère qui me fait me sentir carolo. C'est quasiment inexplicable. On ne peut pas mettre de mots sur un ressenti. Mes amis qui ne sont pas de Charleroi ne comprennent pas cela, jusqu'au moment où ils viennent avec moi.

Cette ambiance, c'est celle qu'on retrouvait déjà du temps de mes folles années de jeunesse, quand on guindaillait jusqu'à pas d'heure chez Infor'Jeunes, avenue des Alliés, où on servait de la gueuze non filtrée, à La Broc, qui dépendait de la FGTB, ou au Coup de fusil géré par Jean-Claude, où j'ai rencontré le chanteur Renaud qui y faisait ses premiers concerts... Le lundi, l'entrée était à 5 francs, le mardi à 10, le mercredi à 15, le jeudi à 20 et le week-end à 75. Renaud aimait déjà la fête, on était admiratifs de cet « anar » et de sa gouaille. On ressentait un formidable sentiment de liberté. Les parents refusaient qu'on sorte, alors on faisait le mur.

Cette fameuse atmosphère à laquelle je suis si attaché, elle traverse les âges. Quittez Charleroi et revenez trente ans plus tard : en débarquant à la gare du Sud, devenue Charleroi Central, vous verrez que rien n'a bougé. C'est comme ça. Jean Guy, feu le rédacteur en chef du *Journal de Charleroi*, parlait souvent du « Pays dit noir » et non pas du « Pays noir ». Il avait raison, parce qu'à part les terrils, cette ville et les gens qui y vivent sont lumineux. Et aussi nourris d'un surréalisme que j'adore.

Le plus bel exemple ? Regardez le premier bâtiment que vous découvrez en arrivant par le petit ring dans le centre de Charleroi : la tour de la FGTB ! Pour une ville qui a été libérale jusqu'à la fusion des communes et aux portes de laquelle se pressent aujourd'hui des tas de grands patrons qui veulent relancer la dynamique économique de la région, ça ne manque pas de piquant ! Et moi, ça me fait hurler de rire...

Oui, Charleroi est une ville surréaliste. Prendre la tangente par rapport au réel en en riant : on ne peut pas mieux définir cette ville. À l'enterrement de mon père, deux de ses amis ont glissé un billet dans le cercueil. Me voyant interloqué, ils ont expliqué simplement : « Comme ça, il ira boire un coup au paradis ! » C'est ça, notre ville. Même accablés par le chagrin, on peut être en décalage et en rire.

Rire dans les situations tragiques, c'est absolument fabuleux. Je suis un grand adepte de cet humour « biesse ». Je le pratique beaucoup. Parfois à l'écran, ce qui fait froncer les sourcils de mes collègues. J'aime bien. Un jour, devant l'Athénée de Châtelet où je m'apprêtais à prendre le bus 8 pour sortir à Charleroi, une dame m'a demandé : « Dites, Monsieur, c'est un 9, celui-ci ? » Je lui ai répondu : « Non, Madame, c'est un bus. » La blague a fait le tour de l'école. Et j'ai pris six heures de colle.

Cette légèreté humoristique et ce surréalisme ont été une condition de survie pour les Carolos. Lorsque les charbonnages ont fermé, les patrons ne pensaient qu'à une chose, comme tous les actionnaires : s'en mettre plein les poches, faire fructifier les avoirs, comme on dit en langage diplomatique. Pareil pour l'industrie du métal. Personne n'a rien fait pour préparer la reconversion, pas même le monde politique. Plus par fatalisme que par manque d'intelligence. Alors, forcément, on a dû faire face. De toute façon, le Carolo s'en sort toujours. Simplement parce qu'il a une logique bien à lui : se dire qu'il y a toujours pire. Quand on se casse une jambe, effectivement, c'est moins grave que de s'en casser deux. Et pire que les deux jambes, c'est en plus les deux bras... Durant les années Van Cau, le slogan de la ville était : « Charleroi, j'y crois ». C'est exactement ça. Chez nous, on y croit toujours et on sait que ça va marcher. Un jour, pas tout de suite...

Un jour que je recevais Paul Magnette dans une émission préélectorale, juste avant l'entame de son premier mandat de bourgmestre, je lui ai demandé en *off* combien de temps il faudrait pour redresser Charleroi. Il m'a répondu « vingt ans ». L'émission venue, je lui ai posé la question en *on*. Il m'a répondu « dix ans ». « Certains parlent de vingt ans », ai-je rétorqué malicieusement. J'ai eu bien de la chance que les yeux vifs du futur mayeur ne soient pas des kalachnikovs...

Mais malgré le temps qui sera nécessaire pour redresser cette ville, moi aussi, « Charleroi, j'y crois ». Et sans doute plus que jamais. Cette ville change, sur le plan tant architectural que culturel et économique. Un signe ne trompe pas : les universités ont décidé d'y investir et de s'y installer. La question est cependant : pourquoi ont-elles tant attendu avant de débarquer ? Probablement parce que, justement, nombreux sont ceux qui ne croyaient pas en Charleroi. À commencer par les anciens pontes de la RTBF. Quand j'ai débarqué au JT à Bruxelles à la fin des années 1980, on disait de moi que je venais de la province. Je me suis toujours battu contre cela en réunion de rédaction. Je voulais qu'on parle de « région », pas de « province », qui a une connotation dédaigneuse.

Christian Druitte, qui fut longtemps patron de la rédaction de la RTBF Charleroi, disait toujours quand il devait aller à Reyers : « On me rwète comme si j'avais de la merde à mes pis... » Ce sentiment était particulièrement marqué envers les Carolos.

Les Liégeois restaient entre eux et n'avaient pas envie d'aller travailler à Reyers. Parmi les journalistes de Charleroi, il y avait pourtant pas mal de pointures, mais rien n'y faisait, Charleroi restait Charleroi. Aujourd'hui, il n'y a plus aucun problème à parler au JT d'une expo qui se tient à Charleroi, mais à l'époque, c'était inconcevable. À peine si on ne s'étonnait pas d'apprendre qu'il y avait là des musées...

Désormais, tout cela est relégué au passé. Et comme on dit, tout va finir par se mettre pour notre ville. Peut-être parce que la classe politique a changé. Les hommes et les femmes politiques ont d'autres réseaux, ont fait d'autres études, savent comment faire venir des investisseurs. Il y a enfin une véritable professionnalisation du développement socio-économique.

Le Sporting en est un bel exemple, même si les résultats ne sont pas toujours à la hauteur des espérances. Quand j'allais au stade avec mon père, en tribune ouverte, à l'époque où j'entendais les supporters crier derrière moi « Tire-toi de là, grande saucisse » et qu'un Black vendait les fameux « cras bouillats », les stars s'appelaient Charlie Jacobs, Tony Tozzini, Jean Boulet, Georget Bertoncello, Bobby Böhmer. Ils sortaient ensemble et guindaillaient, ça rigolait bien. Mais ce n'était pas très pro. Böhmer était mon idole, et celui des femmes qui étaient toutes amoureuses de lui. Elles passaient faire une permanente chez le coiffeur avant de se rendre au stade et criaient « Bobby, Bobby » pendant tout le match. Ce qui me faisait penser que je devais devenir joueur de football...

Mais malgré cet amateurisme, malgré le fait que les joueurs s'entraînaient quand ils y pensaient, que certains tenaient des bistrots en journée avant de jouer le soir, ou, au mieux, étaient jardiniers à la ville pour avoir un petit salaire en plus alors qu'ils n'avaient jamais coupé un arbre de leur vie, nous, on se disait tous « ça va d'aller »... L'espoir et l'optimisme sont pour moi des moteurs.

L'immigration italienne a profondément marqué la sociologie de Charleroi. À commencer par les mineurs qui se sont installés aux alentours immédiats d'une ville qui leur a offert un statut leur permettant de s'épanouir un peu plus sur le plan socio-économique. Et puis il y a eu les Turcs. Les différentes vagues d'immigration ont permis à la métropole et à sa région d'opérer un véritable brassage ethnique. Cette présence multiculturelle donne sa couleur et son âme à la ville, une ville ouverte aux différentes cultures, aux différentes cuisines. Pourquoi ça a matché ? Simplement parce que cette immigration s'est faite dans une période flamboyante et non en période de crise. Je ne veux rien idéaliser, mais il faut reconnaître que le réflexe raciste et de repli sur soi n'est pas le premier chez les Carolos.

Charleroi, en somme, est un village mondial. Un carrefour permanent renforcé par son architecture et sa configuration, entre Ville-Haute et Ville-Basse, où tout le monde se croise.

Côté intime

ÇA VA D'ALLER !

Comme beaucoup de Carolos, je suis le genre à me dire que « ça va d'aller », même si j'ai parfois du mal à prendre du recul et à rire de certaines choses. Quand j'étais ado, l'une de mes pires phobies était de perdre mes cheveux et de ressembler à mon père, qui était chauve comme un genou. À 12 ans, quand je me baladais avec lui, tout le monde l'appelait Kojak, ce policier d'une série américaine joué par Telly Savalas, qui n'avait pas un poil sur le caillou. J'avais toujours l'impression que les gens se moquaient de nous. À l'adolescence : catastrophe, j'ai commencé à perdre mes cheveux de manière dramatique. On a fait tous les dermatos de la région. En vain. C'est le coiffeur Renzo, coupe-tif du tout-Charleroi, qui m'a sauvé la vie en me conseillant d'utiliser des ampoules antichute, dont la plupart des gens estimaient qu'elles étaient une arnaque. Pas chez moi, en tout cas... Renzo, lui aussi, faisait partie de ces Carolos pour qui l'humour surréaliste est l'ultime pirouette. Un jour, un client lui a demandé de le coiffer comme Alain Delon. Il n'a pas été satisfait de la coupe. Renzo lui a répliqué aussi sec, dans une saillie digne d'un Audiard carolo : « Je ne vois qu'une solution : coupe e't tiesse... » Il avait perdu un client... Mais en avait gagné un autre, avec moi qui pleurais de rire dans le fauteuil d'à côté. Renzo est aussi l'archétype, avec d'autres Carolos connus, de ce tempérament méditerranéen qui caractérise les habitants de cette ville.

UNE FAMILLE DE GAUCHE

Mon enfance dans ce Charleroi-là a réellement conditionné mon existence. À plusieurs égards, d'ailleurs. C'est là que j'ai forgé mes plus belles amitiés, que j'ai connu mes premières expériences professionnelles. Et mes premières expériences humaines, aussi.

Une de ces expériences m'a marqué plus que d'autres. Je devais avoir 7 ou 8 ans. Dans mon école primaire de Mont-sur-Marchienne, j'étais en classe avec un gamin issu d'une famille en grande difficulté financière. Le papa était chauffeur de bus. Tous les enfants de cette famille, dont mon camarade, ont dû être placés en urgence. Quand la police est venue le chercher en classe, le gosse hurlait. J'étais tétanisé. C'est sans doute là que j'ai appris ce qu'était l'injustice, que je déteste par-dessus tout. Sans doute est-ce dû aussi à mon milieu familial, fort marqué à gauche.

Je n'irai pas jusqu'à dire que nous étions militants. Pas vraiment le genre à porter le foulard rouge autour du cou. Mais quand même : nous avons, par exemple, suivi de près les événements de 1968. À 6 ans, bien sûr, je n'en comprenais pas tous les enjeux. Mais j'étais baigné dans cette ambiance parce que mes parents écoutaient Europe 1. Sans doute est-ce là aussi que j'ai découvert la magie de la radio.

Nous étions ce qu'il convient d'appeler « une famille petite-bourgeoise de gauche ». Ma mère était une féministe convaincue, fascinée par la grande romancière et féministe française Benoîte Groult. Mon père, lui, était viscéralement socialiste et anticlérical. S'il s'est ouvert au monde culturel, c'est grâce à ma mère qui a fait énormément de choses qui me touchent encore aujourd'hui.

Elle était prof de français au Lycée de Morlanwelz. Ce qu'on appelait à l'époque très officiellement le Lycée pour jeunes filles... Elle s'est énormément impliquée dans l'accueil et l'éveil de filles d'immigrés italiens de première génération. Il faut s'imaginer qu'à l'époque, tenter d'ouvrir le monde aux filles n'était pas vu d'un très bon œil. Ma mère se démenait pour tenter de leur obtenir, par exemple, des bourses d'études à l'ULB. Parmi elles, une jeune fille est devenue avocate, Rosa Palermo. Aujourd'hui encore, je me fais aborder dans la rue par des dames qui ont eu la chance d'avoir ma maman comme prof, qui les a littéralement tirées vers le haut. Elle tentait d'élargir les horizons des autres. J'ai découvert Sartre et Malraux grâce à elle. Mon père, lui, m'a initié aux autres arts, dont la peinture. Je peux dire sans fard que mon milieu familial m'a permis de développer ma curiosité, mes intérêts. Il m'a façonné, sans que ce soit jamais de l'endoctrinement, du catéchisme de gauche. Mes parents voulaient m'intéresser, pas me forcer. Ils faisaient avec moi ce qu'ils faisaient avec leurs étudiants : mettre sur la voie... C'est ce que ma mère a fait aussi avec mon demi-frère, issu d'un premier mariage. Pierre, de seize ans mon aîné, a fait un très beau parcours dans le graphisme. Alors qu'il avait 14 ans, maman l'a laissé partir seul à Bruxelles. Il a réussi l'examen d'entrée à l'Académie malgré son très jeune âge et il en est sorti avec le prix du gouvernement avant de participer à l'aventure du journal de gauche *Pour*.

C'était culotté aussi de la part de ma mère. Mais pas grand-chose ne l'arrêtait, il faut bien le dire. Après son divorce, à une époque où c'était très mal vu, elle s'est remariée avec mon père en 1960. J'imagine la tête de mes grands-parents paternels quand ils ont appris que mon père allait épouser une femme qui avait déjà un enfant ! Quant à ma grand-mère maternelle, veuve depuis la guerre 1914-1918, le remariage de sa fille relevait, pour elle, quasiment de l'hérésie. C'était une autre époque.

J'ai découvert tout cela quand j'avais 15 ans. Jusque-là, je m'étais toujours demandé pourquoi les deux familles ne se parlaient presque pas. Je n'irai pas jusqu'à dire que c'était la guerre des tranchées, mais ce n'était pas ce qu'on appelle l'entente cordiale. Le climat était dur, même entre mon père et mon demi-frère. J'ai bien tenté pourtant d'arranger les bidons... C'est dommage, d'autant plus que je m'entends très bien avec Pierre, que je vois moins maintenant qu'il vit en France.

LA DÉPRESSION DE MA MÈRE

Le côté fonceur, militant et presque libertaire de ma mère ne l'a pas empêchée de plonger dans une grave dépression dont elle ne s'est jamais remise. C'était à la fin de mon adolescence. Et je l'ai très mal vécu : la vie à la maison était devenue très lourde avec quelqu'un qui, pourtant, était aimant. Une véritable chape de plomb. La dépression profonde est un réel handicap non seulement pour la personne malade, mais aussi pour tout son entourage.

L'épanouissement personnel, surtout pour un jeune adolescent, en est rendu compliqué. Je n'ai jamais bien compris pourquoi elle avait sombré. Je pense, et elle le pensait aussi, que son erreur fatale a été de partir trop tôt à la prépension. Comme prof, à Morlanwelz, elle avait une vie hyperactive et intéressante. Et du jour au lendemain, elle est passée... à plus rien. Elle est devenue ce qu'elle avait toujours fui : une femme au foyer. Un choix personnel que je ne me suis jamais expliqué. Sa vie s'est étiolée, parce qu'elle avait fait un choix qu'elle n'a elle-même pas accepté. Cette malheureuse expérience m'a fait découvrir une chose : dans la vie, quand on fait des choix, il faut tenter de les assumer et ne pas hésiter à demander de l'aide.

Cette période difficile m'a aussi appris à avoir du respect pour les gens qui souffrent de dépression ou de burn-out. Ça peut nous tomber dessus à tous, comme ça, sans crier gare. À la RTBF, plusieurs collègues proches sont passés par là. Des gens avec qui je faisais la fête jusqu'au bout de la nuit, actifs et dynamiques et qui, d'un jour à l'autre, étaient devenus totalement incapables de se lever le matin. C'est toujours marquant.

J'ai aussi le sentiment que l'environnement socioprofessionnel contribue à accentuer le malaise de ceux qui sont déjà fragilisés. Nous sommes quotidiennement inondés de SMS, d'e-mails, de notifications de rendez-vous sur lesquels nous n'avons plus de prise. Auparavant, pour une réunion, on s'appelait, on se parlait. Aujourd'hui, on reçoit un e-mail et on valide (ou pas) par un clic sans même pouvoir se justifier en cas de refus. Quand on reçoit deux cents e-mails par jour, c'est ingérable. Jean-Pierre Jacqmin, directeur de l'info, me reproche souvent, avec humour, de ne pas lire mes messages jusqu'au bout. Mais ça fait partie de mon système d'autoprotection.

Je dois bien admettre que la dépression de ma mère me fait encore peur. J'angoisse à l'idée de vivre la même chose qu'elle ; j'essaie d'être vigilant pour l'éviter. Dès que j'ai un coup de mou, ce qui arrive, comme à tout le monde, je réagis, je vais marcher, m'oxygéner. J'ai trop vu les dégâts que cela peut causer. Et j'ai compris l'importance de « faire des choses » pour éviter d'y tomber. Cela ne signifie pas forcément se jeter à corps perdu dans le boulot, cela peut passer par deux séances de cinéma d'affilée, par un moment où je me pose en regardant passer la vie, par le sport. Le pire est de se sentir inutile. C'est ce qui est arrivé à ma mère. Peut-être d'autres raisons ont-elles aussi accentué son mal-être, je n'en sais rien et je n'ai jamais cherché à le savoir. Parce qu'il faut avancer, c'est presque une logique de survie. C'est peut-être pour cela aussi que je n'ai jamais eu envie de faire une psychanalyse. Je pense que j'aurais peur d'apprendre des choses sur moi-même, et puis je n'en ressens pas vraiment le besoin.

J'ai eu la chance de pouvoir entrer à l'Université à Bruxelles au moment où ça devenait extrêmement lourd à la maison. Ce qui, je le confesse, s'est accompagné d'un certain sentiment de culpabilité.

Chapitre 2

LE JOURNALISME, ENFIN

UNE VRAIE VOCATION

Une fois mon diplôme secondaire en poche malgré ce contexte familial difficile, c'est assez naturellement que je me suis dirigé vers des études de journalisme. Vu mon pedigree familial, l'ULB était le chemin logique. Mes parents étaient laïques, ma mère avait fait ses études à l'ULB pendant la guerre… alors que l'université était fermée afin de ne pas devoir se plier aux exigences allemandes. Elle avait, en fait, passé son jury central. Un acte de résistance, en quelque sorte.

Mes amis Jean-Luc et Franco et moi avons été aidés par une prof de chimie de l'Athénée de Châtelet, une ancienne de l'ULB. C'est elle qui s'est chargée de nos inscriptions et de nous trouver un logement. En ce qui me concerne, je suis parti m'installer à Bruxelles une semaine avant les autres, simplement parce que je n'attendais qu'une chose : partir de chez moi. Ça a été une vraie libération. J'ai du mal à le dire, avec le recul. Mais c'était une réalité. Mon père le savait; il a bien compris ma volonté de m'éloigner.

Cette rentrée anticipée m'a d'ailleurs permis de voir le mythique concert de Renaud à l'auditoire Janson, l'un des lieux culturels de l'Université à l'époque. Et de m'habituer très vite à ma nouvelle vie dans la capitale que je découvrais en circulant avec le bus 71, une ligne reliant l'ULB au bas de la ville, comme c'est encore le cas aujourd'hui. Ma première année – faut-il le dire ? –, je l'ai réussie un peu par accident. En deuxième session, évidemment, et avec 12,01 de moyenne. Autant dire que je faisais du rase-mottes, puisqu'à l'époque, il fallait 12 pour passer à l'année supérieure. La cause principale de ce résultat limite ? Le goût de la liberté, après des années compliquées, qui passait par la guindaille estudiantine mais aussi par de petits boulots comme DJ ou comme serveur : je travaillais dans un bistrot mythique, Le Villon. Je gagnais un peu d'argent en tant qu'étudiant, que je claquais aussi vite. Une belle insouciance. Et je me disais que si toutes les années étaient de la même veine, j'allais devenir le roi du macadam. Un roi qui est rapidement redescendu de son trône en deuxième candi, année que j'ai doublée, cette fois. J'avais heureusement un deal avec mon père qui me permettait de bisser une fois. Une chance que j'ai rapidement bousillée, donc.

Ma mère est décédée à ce moment-là. J'ai recommencé ma deuxième en n'ayant pas compris qu'il était temps que je me calme. Résultat : mon père m'a coupé les vivres. Ce qui ne me faisait ni chaud ni froid puisque je m'en sortais financièrement grâce à mes petits boulots. Jusqu'au jour d'un gros dérapage : après une soirée, je suis, au sens propre, tombé sur la tête, m'occasionnant une commotion qui allait me laisser dix jours sur le flanc à l'Hôpital d'Ixelles. Comme disait mon père avec humour, j'avais un peu de sang dans ma bière mais surtout beaucoup de bière dans mon sang. Je suis retourné chez moi pour plusieurs semaines, non sans avoir une grosse discussion avec mon paternel. Une entrevue salutaire.

Une fois encore, mon environnement familial m'a permis de rester sur les rails. C'est une chance d'avoir un tel entourage quand on prend des chemins de traverse ! Raison pour laquelle je ne serai jamais le premier flingueur ni un donneur de leçons quand un jeune fait des bêtises.

J'ai donc enfin pris conscience qu'il fallait que je me calme. Mais l'année était déjà bien avancée, trop pour récupérer le temps perdu. Ma troisième session a été désastreuse. Et je me suis retrouvé en septembre, au pied du mur, avec douze examens à repasser sur quatorze. Une quatrième session que je n'ai d'ailleurs pas préparée de la meilleure des manières, puisqu'au lieu de bosser pendant tout l'été, j'ai eu la bonne idée de partir en vacances trois semaines en Bretagne. Autant dire qu'à mon retour fin juillet, l'accueil ne s'est pas montré des plus chaleureux. Il me restait un mois avant le début de la session, qui a évidemment été épuisante, vu la somme de travail à fournir. Bilan malgré mon travail intense : trois examens ratés, mais des 9/20, avec une moyenne de 12 malgré tout. Je suis sorti de mon dernier examen exténué, en sachant que j'avais foiré. Et avec un certain sentiment de honte d'avoir tout foutu en l'air alors que mes parents s'étaient investis autant que possible.

Malgré tout, une fois de plus, c'est un enseignant qui m'a sorti de l'ornière. Un professeur d'anglais. Alors que j'errais comme une âme en peine dans le célèbre bâtiment H de l'ULB, Gilbert Debusschere, passant par là, a bien vu dans quel état j'étais. Il m'a fait entrer dans son bureau. Après avoir regardé toutes mes cotes, il s'est rendu à la délibé. Mon cas a été discuté pendant une demi-heure. Et je suis passé par le chas de l'aiguille, avec sept voix contre six. Debusschere m'a défendu bec et ongles parce qu'il croyait en moi, c'est lui qui m'a sauvé. Je ne l'ai su que bien plus tard.

Aujourd'hui, en tant qu'enseignant moi-même, j'accorde plus d'importance aux qualités qu'aux chiffres. Je reste persuadé que croire en quelqu'un peut l'aider à passer un cap et provoquer le déclic nécessaire. C'est exactement ce qui m'est arrivé à la fin de ma deuxième candidature.

Après cet épisode, j'étais lancé. Ma troisième année, en dépit d'une petite seconde session, est passée crème. La quatrième a presque été une formalité et m'a surtout permis d'entrer en contact avec le monde professionnel du journalisme. Pour tenter de me lancer dans la vie active, je travaillais à la pige, notamment pour *Journal et Indépendance*, pour lequel je recopiais les résultats de foot du week-end. Il n'y a pas de sot métier !

Je bossais également pour Radio Métropole. Mais je continuais surtout à beaucoup sortir et à me rendre au cinéma quatre ou cinq fois par semaine. Une vraie passion.

ALBERT FRÈRE, MES VRAIS DÉBUTS

Le financier Albert Frère aurait fait un excellent personnage de cinéma. Est-ce cela qui me fascinait chez lui, au point d'en faire mon sujet de mémoire ? Je n'en sais rien. Toujours est-il qu'en dernière année d'université, je me suis lancé dans un sujet passionnant : l'aspect médias du groupe GBL, dont Frère était le patron. *Albert Frère ou les groupes intéressés par les médias* était le titre de mon travail de fin d'études.

Aujourd'hui encore, je n'en suis pas peu fier, même si, je le confesse, j'ai eu un bol de fou. À l'époque, je ne connaissais pas le magnat carolo. Pour le rencontrer, j'y suis allé au culot. L'e-mail n'était toujours que de la science-fiction dans les années 1980, et c'est par téléphone que j'ai tenté ma chance. Grâce, une fois de plus, au fameux esprit « *carolo connection* ». Chez Albert Frère, dire qu'on était de Charleroi entrouvrait déjà la porte. C'est son bras droit, Jacques Denors, qui m'a ensuite donné rendez-vous dans les bureaux de son patron au boulevard Tirou.

Quand j'ai débarqué en jeans et Kickers, la première chose que j'ai faite, c'est lui réclamer un organigramme de toutes les sociétés où Frère possédait des actions. Demande d'une grande naïveté évidemment, surtout de la part d'un jeune type pas vraiment du genre *wonder boy* de Wall Street...

Denors m'a malgré tout ouvert les portes, notamment en m'autorisant à accéder aux archives de la BBL, la Banque Bruxelles

Lambert, pilotée par Frère et dont les bureaux se situaient avenue Marnix à Bruxelles. Une belle opportunité qui me permettait aussi et surtout d'accéder au mess des cadres de la banque...

Pendant des semaines, j'ai harcelé Jacques Denors pour obtenir une entrevue avec le *big boss*. Compliqué, d'autant que l'époque était assez troublée pour ce dernier... D'abord parce qu'il venait de se faire rouler dans la farine avec le rachat des éditions Dupuis par l'une de ses associées à la tête de la société Janus production. Comme le disait Frère, une société qui porte un nom de dieu au double visage, il n'y a pas de hasard... Et puis à cette période-là aussi, son groupe, GBL, avait de gros soucis aux États-Unis. Autant dire que le patron avait envie de tout sauf de donner des interviews, encore moins à un étudiant un brin emmerdeur...

Pourtant, une fois de plus, parce que je croyais à la chance, j'ai eu un coup de bol monumental : la secrétaire de Frère habitait à deux rues de chez moi. J'ai tenté le coup en passant par elle. Quelques jours plus tard, j'étais prié par téléphone de me rendre dans l'heure dans les bureaux d'Albert Frère.

Impossible bien sûr de préparer mes questions. C'est donc muni d'un enregistreur Sony que je suis arrivé et que j'ai été reçu par le grand patron... qui m'a bien entendu obligé à l'éteindre fissa. Pas de traces. C'est là, dans son bureau cossu à l'épaisse moquette, entre un Vasarely et un Rubens, que Frère, en bras de chemise, fou furieux, m'a raconté la manière dont il s'était fait avoir dans l'affaire Dupuis. Avec son accent carolo mâtiné de quelques expressions wallonnes bien senties...

Résultat des courses : un mémoire qui m'a permis d'obtenir pour la première fois une distinction à l'Université et qui a même été cité par José-Alain Fralon, correspondant du *Monde,* dans le livre qu'il a consacré à Albert Frère. Pas mal quand même pour le piètre étudiant que j'avais toujours été jusque-là...

Pour la petite histoire, le mémoire n'a pas plu à Albert Frère. Mon travail n'était pas lénifiant. Beaucoup gardent cette image d'un grand homme ayant fait beaucoup pour Charleroi. Rien n'est plus faux. C'était un financier, pas un philanthrope. Son but a toujours été de faire de l'argent. Certes, il y a développé l'emploi. Sans plus. Mais il a par exemple refusé qu'on crée à Charleroi un musée regroupant toutes ses œuvres d'art. Il a aussi réalisé des coups financiers fumants mais limites, comme la revente de l'acier belge... Tout cela, mon mémoire l'épinglait. Ce qui n'a pas empêché l'homme, que j'ai revu dans d'autres circonstances, de me lancer un jour : « On peut dire que vous avez des couilles... »

Cette rencontre a été fondatrice pour moi et m'a fait prendre conscience de deux choses : que l'interview était ce que je préférais dans le journalisme et qu'il ne faut jamais être fasciné par les puissants. En faisant des courbettes, on n'obtient qu'une chose, la pire pour un journaliste : le mépris.

UN STAGE FORCÉ À LA RTBF CHARLEROI

L'année du mémoire est aussi celle des stages. Dans les années 1980, l'ULB bénéficiait d'un vaste réseau qui ouvrait tous les possibles. Je rêvais de travailler dans une petite rédaction. Aujourd'hui encore, je reste convaincu que les rédactions modestes sont les meilleures écoles de journalisme.

Je voulais travailler pour RTL (à l'époque, l'équipe n'était pas aussi grande qu'aujourd'hui) ou pour *Vers l'Avenir*. Mais à cause d'une guindaille tardive, je suis arrivé en retard à l'inscription aux stages. Ne restait plus pour moi que la RTBF Charleroi. Pas le choix, hélas, et frustrant pour un Carolo dont l'envie était de découvrir d'autres horizons que son terrain de jeu natal. Me voilà donc, en plein mois de décembre, débarquant au passage de la Bourse, à une époque où, visiblement, des tensions traversaient la rédaction. Là encore, je dois reconnaître que la chance ne m'a pas oublié : quelques malades, quelques journalistes en congé en cette période de fêtes, et Christian Druitte, patron de la rédaction, qui décide de m'envoyer sur mon premier reportage, sur le projet de piétonnier dans la rue du Collège à Charleroi, au lieu de me faire traiter des dépêches Belga. Ma voix chevrotante, le commentaire peu assuré n'ont pas empêché Druitte de passer mon reportage à l'antenne, avec mon nom. Une provocation aux syndicats qui ne supportaient pas que les stagiaires fassent de l'antenne, et encore moins qu'on mentionne leur nom dans le titrage du reportage...

Étape suivante : le stage en presse écrite. À l'agence Belga, où, faut-il le préciser, j'ai surtout brillé par mon absence régulière, plus intéressé que j'étais par le fait de côtoyer de futurs confrères plus âgés qui racontaient leurs faits d'armes dans le célèbre bar du Club de la presse. Des rencontres parfois éclairantes pour le futur. Mon maître de stage n'a pas eu d'autre choix que de m'imposer de prolonger mon séjour pour atteindre mon quota d'heures. Et, ô chance récurrente, c'est à Strasbourg que j'ai été envoyé pour suivre une session du Parlement européen. Ce fut un reportage passionnant parce que je tombais en pleine affaire Le Pen, accusé d'avoir pratiqué la torture en Algérie. Le fondateur du Front national donnait une conférence de presse quotidienne. J'avais 22 ans, au beau milieu de toutes les stars du journalisme européen, j'étais lancé dans le plus beau métier du monde au travers d'un événement énorme et terrible.

Je suis ensuite retourné à la RTBF Charleroi pour mon rapport de stage. Toujours avec Christian Druitte, bien sûr. Qui, à ma grande surprise, m'a proposé de faire des piges, dès le mois de juin. Sauf que, seconde session (encore !) oblige et sans prévenir, je ne me suis pas présenté à la rédac carolo avant le mois de septembre... Insouciant et tête brûlée, en mode « coucou me revoilou », prêt à travailler. Une attitude pour le moins cavalière. Christian Druitte ne m'a donc pas accueilli avec un large sourire, après six mois sans signe de vie... De surcroît, les budgets étaient au plus mal et il n'y avait plus de place pour moi. Dommage, d'autant que j'avais déjà fêté mon engagement...

L'APPEL DE RTL

Recalé à la RTBF, on peut dire que je vivotais. Radio Métropole m'occupait un peu, sans plus. C'est alors que mon copain Jean-Jacques Deleeuw, aujourd'hui rédacteur en chef de BX1, m'a contacté. À l'unif, Jean-Jacques était un an au-dessus de moi. Il était loin d'être un guindailleur à penne et nous ne fréquentions pas les mêmes cercles… Mais on s'appréciait. Après ses études, il avait été engagé chez IP, la régie publicitaire de RTL. Et il avait parlé de moi au directeur de l'info de la chaîne privée.

Eddy De Wilde estimait que mon profil pouvait convenir. Sans prendre rendez-vous, je me suis donc présenté à la villa Empain, à Bruxelles, où se situaient à l'époque les locaux de RTL. Une fois encore, au culot, j'ai demandé à rencontrer le boss, arguant du fait que je venais de loin (Charleroi !) et que je ne pouvais pas revenir un autre jour. J'avais troqué mon look cool pour un veston. Ce qui n'a pas servi à grand-chose : Eddy De Wilde a tenu à préciser, lors de notre entrevue, qu'il n'engageait pas quelqu'un dont il avait entendu parler une seule fois simplement parce qu'il était bien habillé…

Ce qui ne l'a pas empêché de me donner ma chance : le week-end suivant, j'étais à l'essai. Je lui ai sorti quatre reportages en deux jours. Content de ma prestation, De Wilde a décidé de me payer 5000 francs belges le sujet ! Ce qui s'est vite transformé en 5000 francs par journée. J'ai donc continué à bosser le week-end. C'était pour moi très pratique : je pouvais vivre comme je l'entendais pendant la semaine.

À LA RTBF GRÂCE… À EDDY DE WILDE

Peut-on parler de jalousie ? Toujours est-il qu'en apprenant que je travaillais pour la concurrence, Christian Druitte m'a rappelé en me proposant un contrat d'un mois. Précaire, certes, mais un contrat. Je suis évidemment allé voir De Wilde en lui expliquant que j'avais une proposition ferme. Je pense qu'il aurait voulu me garder, mais, à l'époque, RTL dépendait de la maison mère à Luxembourg, dont Jean Stock, le directeur des programmes, tenait les cordons de la bourse. De Wilde avait besoin d'un technicien ; il n'y avait pas de budget pour engager aussi un journaliste. Tout au plus pouvait-il m'assurer des piges pour quelques mois... Et c'est finalement le patron de l'info de RTL qui m'a conseillé d'accepter la proposition de la RTBF. Je tenais mon premier contrat. Il ne me restait plus qu'à réussir le concours d'entrée (pas piqué des vers à l'époque) dans ce qui allait devenir ma maison... J'ai toujours gardé d'excellents contacts avec les responsables de RTL. Et je leur sais gré d'avoir été honnêtes sans me faire miroiter un avenir radieux chez eux. Mais je n'ai jamais regretté mon choix, car je n'aurais pas pu réaliser à la télévision privée tout ce que j'ai pu faire à la RTBF, dans un secteur, faut-il le préciser, très fermé.

MARIE-BERNARD

De retour à Charleroi, j'étais heureux comme un pape. Je savais que ma carrière prenait là un tournant décisif. Ce que je ne savais pas, c'est que j'allais y rencontrer ma compagne, Marie-Bernard, Marie.

Marie était scripte dans l'équipe du pôle carolo, qui était déjà un pan important de l'info et du développement de la RTBF. C'était une grande télévision en petit et les productions y étaient variées. Le journal « Ce Soir » de Christian Druitte, des magazines économiques, la radio, des émissions de divertissement : la RTBF Charleroi était tout sauf périphérique. C'est là que j'ai perçu les premières grosses bagarres entre Charleroi et Liège qui, aujourd'hui, se sont assagies. Les jeunes journalistes appelaient ça « la guerre des bassins », en référence à la guerre des bassins sidérurgiques entre les deux villes.

À Liège, il y avait de fortes personnalités : Mamine Pirotte et Robert Stéphane, qui deviendrait ensuite administrateur général de la RTBF. Ce dernier n'a d'ailleurs pas facilité mon arrivée au JT, parce que j'étais un Carolo. Mais à Charleroi, on était fier de notre boulot. Auquel, donc, contribuait Marie. On s'est plu tout de suite. On ne s'est jamais mariés, sans doute à cause de mon vieux fond anti-*establishment*... Nous avons scellé officiellement notre relation par une attestation de vie commune qui a au préalable dû être constatée... par le facteur, censé être la personne connaissant le mieux la situation de vie des citoyens grâce aux noms figurant sur la boîte aux lettres. On ne vit pas dans le pays du surréalisme pour rien...

La force d'un couple est aussi dans la discussion et les échanges. Et bien sûr, travailler dans le même milieu nous a rapprochés parce que nous partagions – et partageons toujours – les mêmes centres d'intérêt. Mais elle garde toujours un œil avisé, voire acéré sur le travail qu'on fournit au JT. J'imagine que pour un couple où l'un travaille à la Nasa et l'autre dans une mine de charbon, ça ne doit pas être simple tous les jours.

On pourrait penser qu'avoir le même employeur est aussi un désavantage pour le couple, parce que chacun ramène ses problèmes à la maison. Je crois plutôt que connaître les problèmes de l'autre est un avantage, parce qu'on se sent compris.

Côté intime

SARAH, MA FILLE

Quand je l'ai connue en 1986, Marie avait déjà une fille, Sarah, qui avait 5 ans. Ma mère, qui avait un enfant quand elle avait rencontré mon père, lui avait alors dit en termes choisis : quand on rencontre une femme, on prend le package complet. Des années plus tard, j'ai essayé d'appliquer cela. J'ai tenté d'entourer, d'élever

Sarah comme si c'était ma fille, tout en respectant le fait qu'elle avait un autre papa.

Aujourd'hui, comme grand-père, je découvre les joies de l'éducation avec les enfants de Sarah. C'est un copain qui, un jour, m'a dit : « Et pourquoi tu ne l'adopterais pas ? » Aussitôt dit, aussitôt fait. Nous sommes passés par l'adoption simple : s'il n'existe pas de conflit, on peut reconnaître un enfant sans que le père biologique soit déchu de ses droits. En clair, Sarah a deux papas, ce qui lui fait une carte d'identité comme un bottin de téléphone. Quand je lui ai proposé de l'adopter, il y a quelques années, elle a été très heureuse. C'est qu'en tant qu'adulte, on appréhende mieux le contexte.

Je ne considère pas l'adoption comme un geste héroïque, mais normal. Ce qui ne l'est pas, en revanche, c'est le laps de temps qui s'écoule avant que l'adoption, même simple, soit effective.

Déjà à la base, l'administratif m'énerve. Alors imaginez : entre les premières enquêtes de police, que je considère comme logiques, et l'adoption, deux ans et demi ont passé ! Et encore, avec l'intervention d'une avocate. Un véritable parcours du combattant, révoltant quand on sait que tout le monde est d'accord et que tout se passe au mieux. Et pourtant, malgré tous ces avatars, je peux dire que nous avons une vraie famille. Ma fille adoptive s'entend par exemple à merveille avec les enfants de mon demi-frère. On idéaliserait ça dans un film de Claude Sautet...

Je crois très fort à la famille. Mais surtout à la liberté avec laquelle on y vit ses relations. Avec ma fille, par exemple, on n'a pas d'agenda, on ne s'oblige pas à se voir deux fois par semaine. C'est important. Et puis, de toute façon, l'amour pour un enfant, cela ne s'explique pas, cela se vit.

C'ÉTAIT HIER...

Trente-huit ans plus tard, nous sommes donc toujours ensemble, Marie et moi. Car cette rencontre, c'était hier. Le temps qui passe ne m'affole pas, cela dit. Que du contraire. Au fil des années, j'arrive de plus en plus à relativiser et à être moins angoissé. Certains prétendent même que je frôle l'insouciance en me disant toujours que tout va s'arranger. C'est d'ailleurs ce que j'ai voulu inculquer à ma fille. Sans doute cette insouciance est-elle due à mon boulot où je vois tellement de malheurs au quotidien... C'est un métier où les infos passent tellement vite que le lendemain, on croit les avoir oubliées... mais certains moments graves laissent des traces. L'important est de prendre du recul. Et surtout de ne pas tomber dans le cynisme, ce qui serait la pire des choses.

Je n'ai pas toujours été aussi zen, cela dit. Plus jeune, j'étais plutôt du genre inquiet. Je comprends très bien les angoisses des jeunes qui, du jour au lendemain, doivent passer du cocon familial à une vie professionnelle où ils doivent se prendre en main. On s'adapte, bien sûr, mais ça demande de prendre sur soi. Quand j'ai touché mes premiers salaires, j'ai confondu pendant des mois mon brut et mon net. Je ne me rendais pas compte. Je voyais mon compte en banque et je me sentais le roi du monde. Jusqu'au moment où la réalité m'a rappelé à son bon souvenir... L'argent n'a jamais été une obsession et le calcul n'a jamais été mon fort.

L'AFFAIRE STEINIER

C'est donc avec Marie, et sous la direction, parfois dure mais professionnelle, de Christian Druitte que j'ai réellement commencé à apprendre le métier en réalisant des sujets pour le JT. Parmi eux, il en est un qui m'a réellement marqué et que je peux considérer comme le véritable lancement de ma carrière, une affaire dramatique, hélas : l'affaire Steinier. Stéphane Steinier était un journaliste de *La Nouvelle Gazette*. Il a disparu en 1989 et on ne l'a jamais retrouvé.

On a appris plus tard qu'il avait été tué par les négriers de la construction de la région du Centre, avec à leur tête Carmelo Bongiorno qui agissait sur commande d'un flic, rival de cœur de Stéphane. Il a vraisemblablement été dissous dans de l'acide.

Bongiorno a été condamné à la peine de mort, qui n'était pas encore sortie du Code pénal à cette époque, même si elle était systématiquement commuée en prison à perpétuité. Depuis février 2023, il est sous bracelet électronique.

Pendant des mois, j'ai enquêté, parfois dans des conditions surréalistes, en fréquentant des milieux pour le moins glauques. L'ambiance était tellement tendue dans cette histoire que même le procureur du Roi n'était vraiment pas à son aise. Lors d'une interview après la découverte d'une arme mafieuse dans les escaliers d'un type de Morlanwelz, j'ai demandé au procureur quel sentiment il éprouvait : « J'ai peur », m'a-t-il confié alors que la caméra tournait. On tenait notre « une ».

À vrai dire, on n'était pas très à l'aise non plus. Les enquêteurs nous ont demandé de les prévenir en cas de coup de fil suspect. Après tout, un journaliste était mort... même si c'était pour des raisons privées. Ce qu'on ne savait pas, à l'époque. Un jour, alors que j'étais dans mon bain, Marie, ma compagne, a décroché le téléphone et je l'ai entendue répondre à une série de questions, donnant notre adresse, nos coordonnées... Sorti de mes ablutions en une demi-seconde, j'ai pu constater que ma panique était sans fondement : il s'agissait bêtement d'une enquête d'opinion...

Tout cela ne m'a pas empêché d'aller au bout des choses avec, à la clé, notamment une interview de Michel Dubuisson, l'ancien gendarme louviérois qui, on l'apprendrait plus tard, avait commandité l'assassinat de Steinier. C'est encore au culot, plein d'insouciance, voire d'inconscience, que j'ai décroché ce moment rare. Au lieu de lui téléphoner, je suis allé sonner à sa porte. Je ne suis pas un cow-boy pétri d'irrespect, mais j'ai toujours considéré que voir les gens était plus pertinent que donner un coup de fil. Pas forcément en déclenchant la caméra, mais le contact direct est irremplaçable pour instaurer un climat de confiance.

Dubuisson m'a reçu tout en niant les faits. Dans la cuisine se trouvait sa compagne, la maîtresse de Stéphane Steinier. Moment surréaliste filmé avec discrétion. J'ai également voulu interviewer Bongiorno, mais n'y suis pas arrivé. J'ai finalement dû me rabattre sur sa famille.

Ironie du sort, des années plus tard, c'est Marie, avec la regrettée Françoise Van De Moortel, qui a décroché l'interview de Bongiorno en Sicile dans le cadre d'un reportage sur la mafia.

L'affaire Steinier n'a pas été mon unique fait d'armes à Charleroi. Je m'intéressais aussi à l'actualité économique et sociale ; j'ai notamment suivi les conflits sociaux chez Caterpillar. C'est sans doute là, d'ailleurs, que j'ai pris conscience de l'emprise du PTB sur les milieux syndicaux. C'est là aussi que j'ai connu le dernier patron francophone de Caterpillar, Richard Gandibleux, que les syndicalistes appelaient « Bandit bleu ». Un fumeur invétéré, à la voix rauque, toujours en costume-cravate, que j'allais interviewer dans mon blouson de cuir à trous. Ce même blouson que je portais le jour d'une conférence de presse barnum de Cockerill, en pleine crise sociale. Elle faisait suite à l'un de mes reportages qui n'avait pas plu aux patrons, Jean Gandois et Philippe Delaunois. Ce dernier, en pleine conférence, m'a taclé, non seulement sur mon sujet, mais également sur ma tenue. C'est Christian Druitte qui m'avait suggéré d'y aller accoutré de la sorte. Druitte n'avait pas de respect pour le pouvoir et les puissants. Et il avait aussi cette grande qualité de faire confiance aux jeunes en les chargeant de gros dossiers en dépit de leur relative inexpérience. C'est pour cela qu'aujourd'hui, j'accorde moi-même une grande confiance aux jeunes et que je les encourage à foncer. C'est comme ça qu'on apprend.

Ces différents reportages m'ont permis une chose : me faire repérer par le patron de l'info de l'époque, Pierre Delrock, qui voulait me faire monter à Bruxelles. Ce qui a occasionné certaines tensions entre Christian Druitte et moi, car il ne voulait pas me lâcher. Évidemment, cela aurait pu flatter mon ego de savoir que mes patrons voulaient absolument me garder. Sauf que j'avais envie d'autre chose. Travailler pour le JT à Bruxelles était une opportunité unique, qu'*in fine* on m'a permis de saisir.

Côté intime

LA FRANC-MAÇONNERIE, UN CLUB D'ÉCHANGES

J'ai eu l'opportunité, vers cette époque, d'entrer en franc-maçonnerie. Je considère cela comme une chance sur le plan intellectuel. Mon père et ma mère étaient francs-maçons, j'ai donc toujours baigné dans ce milieu. Je me suis vite aperçu que cet environnement était éclairant, avec des débats, des valeurs communes, parfois entre gens ne partageant pas les mêmes avis.

C'est en effet chez moi, en famille, que j'ai pour la première fois entendu parler de libre examen, de féminisme, d'égalité des sexes, parce que ma mère était à la pointe sur ces thématiques. À 7 ou 8 ans, j'ai su ce qu'était l'avortement et pourquoi il fallait laisser aux femmes le choix de disposer de leur corps. *Idem* pour l'euthanasie et pour le principe de liberté. Je ne dirais pas que mon environnement maçon m'a marqué au fer rouge, mais quand on est enfant, on fonctionne comme une éponge et sans doute mes choix philosophiques futurs ont-ils été influencés par tout cela.

Une fois à l'ULB, c'est donc naturellement que je suis entré dans ce que certains considèrent, à tort, comme l'antichambre de la maçonnerie, une sorte de club de débats. Il y avait l'ordre des « Macchas », celui des « Phallus » et celui des « Truands ». C'est ce dernier que j'ai choisi et qui était, je dois l'admettre, plus dévolu à pousser la guindaille à l'extrême qu'à occuper les sphères de pouvoir de l'ULB. Le plus célèbre représentant des Truands fut en son temps Hervé Hasquin. Piquant, quand on connaît son parcours.

Mais revenons à ma famille. Mon père avait dirigé la loge « La Charité » à Charleroi. Ma mère, elle, était aux « Droits humains ». J'ai appris à découvrir ce monde au fil des années, avec le lot de fantasmes qui l'accompagnent. La franc-maçonnerie serait une société secrète ultrapuissante, les maçons se réuniraient partout dans le monde le mardi soir et décideraient de tout. Tout le monde obéirait aux ordres. Allons bon... Quand j'entends aujourd'hui, en 2024, des journalistes qui parlent encore de « forces occultes », ça me fait bondir. À ceux-là, je propose de se renseigner et de faire preuve d'un peu de culture historique, car *Forces occultes* est le titre d'un film de propagande nazie sur la maçonnerie. Nous vivons dans une société démocratique, et aucun arrangement antidémocratique n'est possible. Ceux qui se servent de la franc-maçonnerie par intérêt personnel font long feu dans le milieu. Ils s'auto-excluent.

Alors oui, des hommes, des femmes, politiques ou non, débattent de sujets de société en loge. Et certaines lois ont peut-être vu le jour parce qu'elles avaient été discutées entre francs-maçons. L'euthanasie, par exemple, y a été débattue. La loi qui la régit a été affinée par les milieux laïques. Pas que des francs-maçons, d'ailleurs. Même chose pour l'avortement. Certaines démarches progressistes sur le plan sociétal ou d'aide aux plus démunis sont nées dans les loges. Mais ce n'est pas pour cela que les maçons le revendiquent. Notre idéal est bel et bien celui du progrès. Et je ne vois pas pourquoi je m'en cacherais. Je viens d'un milieu laïque et j'estime que la laïcité doit toujours rimer avec l'égalité. Aucun dogme ne doit prendre le pas sur la vie démocratique. Je ne suis pas antireligieux, car c'est un choix personnel, mais je suis antireligion, quelle qu'elle soit, quand celle-ci veut se substituer à l'État ou en gangrener les rouages. Il y a, en maçonnerie, des loges dites « déistes », mais elles ne sont jamais dans une démarche qui voudrait que Dieu ou la religion soit au cœur du fonctionnement de l'État. Donc halte aux fantasmes ! Les loges sont un lieu de discussions, d'échanges, de rencontres. Et comme dans toute société humaine, il y a de très bonnes choses et parfois des dérives. Oui, il y a des scandales qui impliquent des maçons. Mais ces affaires scandaleuses ne sont bien évidemment pas élaborées en loge. Elles seraient tuées dans l'œuf si c'était le cas.

Je suis maçon depuis trente ans. Jamais je n'ai été le témoin d'une quelconque stratégie pour une nomination, une désignation. J'apprends souvent bien *a posteriori* qu'une personne qui a décroché un poste important est franc-maçonne. Et, *a contrario*, je connais énormément de gens qui adoptent un comportement maçonnique au quotidien et qui ne le sont pas : on les appelle les « maçons sans tablier ».

Il y a également en maçonnerie un certain décorum. Et cela me plaît, considérant la société dans laquelle nous vivons. C'est le sacré dont j'ai besoin. Et de manière plus lapidaire, ironique et provocatrice, je dirais que je rencontre moins d'idiots là qu'ailleurs.

Je n'ai pas forcément cherché à être en maçonnerie, cela dit. On est venu me chercher parce qu'on savait que je vivais dans un milieu laïque. J'ai par contre refusé d'entrer dans la loge de mon père, qui comprenait bien mon refus. Je voulais découvrir autre chose, d'autres gens. J'ai mis deux ou trois ans avant d'accepter d'entrer dans une autre loge. C'est un cameraman de la RTBF, qui ignorait que mon père était maçon, qui m'a approché. J'ai alors sauté le pas. Et j'en suis fier.

Mais je suis aussi critique. Si j'avais un reproche à faire à la maçonnerie, ce serait son manque d'ouverture aux jeunes. Il fut une époque où les maçons accueillaient de jeunes diplômés, pas forcément universitaires. Il y a aujourd'hui une nécessité de se redémocratiser et de tendre les bras à cette nouvelle génération qui défend des idéaux et l'humanisme en général. Et puis là, la réflexion peut se conjuguer avec un autre aspect : la fête. Maçonnerie ne rime pas forcément avec austérité. C'est la vie avec des débats d'idées qu'on n'a pas au quotidien. Avec humour et un peu d'ironie, je dirais que « ce n'est pas un club échangiste, c'est un club d'échanges », dans lequel je ne suis pas toujours présent mais auquel je crois très fort.

Par contre, je n'en suis pas un prosélyte ni un agent recruteur. Même si j'en parle et que ça ne me pose aucun problème, je resterai toujours discret à cet égard. Pas secret, discret, y compris sur la présence des autres dont je ne citerai jamais le nom. Je pense néanmoins que la maçonnerie aurait tout intérêt à être plus transparente, même si elle s'ouvre de plus en plus, ne fût-ce que parce que la vérité a ses droits et qu'il faut battre en brèche les soupçons de complotisme. C'est ce que je conseille à ceux qui prendront les rênes, et non le pouvoir, dans les années à venir. Et à tous de garder en tête ce précepte qui a guidé ma vie professionnelle et mon cheminement personnel : « La pensée ne doit se soumettre à aucun dogme. »

Chapitre 3

LE JOURNALISME POLITIQUE ET L'ART DE L'INTERVIEW

INTERVIEWEUR : LE PLUS BEAU MÉTIER DU MONDE

À partir du moment où je suis « monté à Bruxelles », j'ai un peu touché à tout : international, social, économique et, bien sûr, politique, et cela, avant de passer à la présentation, d'abord de la dernière édition du JT, puis du 19 h 30. Mais dans la palette éclectique du journaliste, rien ne me plaît autant que l'interview, singulièrement l'interview politique. C'est alors réellement le plus beau métier du monde. Ce qui m'a poussé dans cette voie, c'est probablement la politique française. Qui, quand j'étais jeune, était plus facile à comprendre puisqu'à l'époque, il n'y avait que la gauche et la droite. Pas de coalitions ni de marmelade politique comme c'est le cas aujourd'hui en Macronie... Et il faut admettre qu'à l'époque, la France comptait quelques intervieweurs politiques d'un calibre exceptionnel. Mon modèle en la matière ? Sans doute Christine Ockrent. La reine Christine, c'est la rigueur incarnée. Tout comme le regretté Jean-Pierre Elkabbach et Étienne Mougeotte, qui ont tous deux été ensuite de grands patrons de télé, mais qui étaient avant tout de grands journalistes. Sans parler de François-Henri de Virieux et son « Heure de vérité » qui a fait les belles heures du journalisme politique sur Antenne 2. Il a d'ailleurs écrit un ouvrage sur le journalisme dans lequel il donne une définition très précise de l'objectivité, en dix pages. Il y conte aussi ses expériences et ses regrets, notamment celui d'avoir été l'un des premiers à inviter Jean-Marie Le Pen. De Virieux connaissait l'impact de la télé. « L'Heure de vérité » avait des millions de téléspectateurs chaque mois et son présentateur savait qu'il donnait à l'extrême droite une tribune incroyable. Il s'est rendu compte, peut-être un peu tard, qu'il avait contribué à donner à Le Pen la place qu'il a prise dans la politique française.

C'est grâce à tous ceux-là que j'ai choisi d'être journaliste.

POSER LES BONNES QUESTIONS

Mener un entretien journalistique requiert de la technique. On n'interviewe pas à l'arrache. Interroger quelqu'un en plateau, que ce soit un politique, une chanteuse, un comédien, ça se prépare. Et cela reste parfois très compliqué, notamment pour les comédiens et les acteurs. Questionner une personne qui vient parler d'une pièce ou d'un film est loin d'être évident, simplement parce que ce n'est pas très télévisuel ; passer un extrait d'une pièce ou d'un film qui ne reflète pas ce qu'est l'œuvre dans sa globalité n'a pas grand intérêt. Il faut alors essayer de parler des à-côtés, des conditions de tournage et de l'environnement de l'invité. Y compris l'environnement politique.

C'est Christian Druitte qui m'a enseigné l'art de l'interview. Qui doit toujours, disait-il, commencer par une question qui met l'interlocuteur en confiance et permet au public de cerner le personnage. C'est d'ailleurs particulièrement vrai pour les invités issus du monde culturel. Rien ne sert d'y aller d'entrée au bazooka. Ensuite, on pratique en tenaille via des sous-questions de plus en plus ciblées. La meilleure interview est toujours celle où l'on apprend quelque chose qu'on ne savait pas. C'est là la vraie valeur ajoutée. Faire comprendre les enjeux, c'est la clé. Malheureusement, certains invités ne captent pas cela, ils veulent absolument faire passer un message, ce qui donne de piètres entretiens.

Le rôle de l'intervieweur, même s'il connaît très bien l'interviewé, est de poser les bonnes questions, parfois pas évidentes. Bien sûr, ça peut créer des tensions. Au point que certains politiques ne se précipitent plus pour venir chez nous. Mais les hommes et femmes politiques ont, de manière générale, trop besoin des caméras pour rester longtemps fâchés...

Cela dit, certains m'en veulent beaucoup et ne me pardonneront jamais leurs interviews que je qualifierais non pas de dures, mais d'incisives. Il faut poser les bonnes questions, toujours. Rien de pire que de rentrer chez soi en se disant qu'on a loupé la question qu'il fallait poser. Cela m'est arrivé, parce qu'on ne peut pas être bon tous les jours. Ça m'empêche de dormir, parfois.

Mais au bout du compte, je m'aperçois qu'à un moment ou à un autre, je me suis mis à mal avec toutes les personnes que j'ai interviewées. Et quelque part, ça me rassure : si toutes considèrent que je suis un empêcheur de tourner en rond, c'est que le boulot a été fait correctement.

D'aucuns, chez les politiques, tentent, pour s'en sortir, de nous discréditer, pensant sans doute que nous serons moins incisifs. Comme Charles Michel qui, un jour, a dit à Nathalie Maleux que ses opinions politiques transparaissaient dans ses questions. Rien n'est plus faux. Moi-même, qui suis proche de Nathalie, je ne connais pas ses opinions politiques.

L'appartenance politique et la fameuse « carte de parti » ont toujours été l'un des sujets de discussion favoris à propos de la

RTBF. Or, nous faisons tous notre boulot sans faire intervenir nos opinions. Nous en avons, bien sûr, mais nous les gardons pour nous. Personnellement, oui, je viens d'une famille socialiste, mais jamais je n'ai réalisé une interview complaisante d'un membre du PS. Bien au contraire : sans doute ai-je parfois tendance à être plus dur avec les socialistes pour qu'on ne me taxe pas de favoritisme.

À l'époque des affaires Inusop-Dassault, par exemple, alors que Philippe Busquin était président du PS, celui-ci nous en a voulu, à Alain Gerlache et à moi, qui étions étiquetés socialistes. Busquin, qui était tout sauf grossier, a lancé : « Je vais leur couper la tête et le reste »... Il n'est plus président de parti, je suis toujours présentateur du JT. Des pressions ? Oui, nous en subissons. Mais on les balaye. Parce que l'info est là et que c'est elle qui prime. Il faut se forger une carapace. Et puis tout ce qui est excessif est insignifiant. Alors quand des hommes ou des femmes politiques menacent de ne plus répondre à nos questions, nous rions doucement. Même si on ne se marre pas tous les jours...

Il m'est arrivé aussi, à plusieurs reprises, de devoir mener une interview délicate avec une personne que je connais très bien. Mais ça s'est toujours passé sans heurts, simplement parce que je fais mon boulot de manière identique avec tout le monde. Certains, cela dit, ont tenté le coup et ont essayé de jouer sur le fait qu'on se connaissait, mais toujours en vain. Et l'inverse est vrai aussi : quand on interviewe quelqu'un avec qui on n'a aucune affinité, il faut faire attention à ne pas être plus incisif qu'à l'accoutumée. Mettre chacun sur un pied d'égalité, c'est la base du métier. Je ne me lève d'ailleurs jamais le matin en me disant que je vais « me faire » l'invité du soir simplement parce que je n'ai pas d'affinité avec lui. Ce serait une faute professionnelle.

L'émotion, par contre, peut parfois être présente en plateau, et dehors aussi. Un jour, alors que, harassé par une journée de boulot, je finissais de présenter la deuxième édition du JT, mon assistante est venue me trouver en me disant qu'une dame voulait me parler au téléphone. Quand on a la tête à l'envers avec pour seule envie de retrouver son lit, on n'est pas forcément enclin à répondre à on ne sait qui à minuit passé…

Sur insistance de ma collaboratrice, j'ai malgré tout pris le coup de fil. Je suis tombé sur une dame totalement désespérée qui m'a simplement dit : « Votre "à demain" en fin de journal me fait plaisir et me maintient à flot. » Ce jour-là, je n'ai pas fait ce qu'il fallait : je l'ai juste écoutée poliment avant de raccrocher, sans même lui demander son nom ou son numéro de téléphone pour la rappeler à un moment plus propice. Avec le recul, je me dis que c'était un moment particulier, dans une ambiance spéciale, celle de la nuit à la rédaction où on était très peu nombreux. J'aurais pu être plus délicat et prendre cette personne en considération.

Les interviews, c'est aussi de l'émotion, même si on ne la recherche pas à tout prix. Quand le coureur cycliste belge Frank Vandenbroucke est décédé, j'ai interrogé son oncle, Jean-Luc Vandenbroucke, consultant à la RTBF. Cette disparition soudaine, c'était le drame de la solitude, de la gloire et de la drogue. Quand Jean-Luc est arrivé sur le plateau, il était totalement désarçonné. Il croyait en Frank, même s'il connaissait les excès d'un gamin lancé sur les chemins de la gloire sans encadrement adéquat. À l'antenne, sans fard, il a raconté les ravages des amphétamines. Bouleversant.

Évidemment, en tant que journalistes, nous nous devons de ne pas laisser transparaître nos états d'âme. Ce n'est pas toujours facile, et parfois, on n'y arrive pas. Comme le jour où j'ai reçu Emmanuelle Béart. La nouvelle du décès de l'acteur Guillaume Depardieu, fils de Gérard, venait de nous parvenir. Dès le départ, j'ai senti que ça n'irait pas. L'émotion était trop forte chez elle. En plein milieu de l'interview, je lui ai dit qu'on pouvait en rester là si elle le souhaitait. Nous avons continué tant bien que mal, sachant qu'elle pouvait éclater en sanglots à chaque instant. Le métier est ainsi fait qu'il faut tenter de contrôler le contexte émotionnel. Et surtout de respecter la personne que l'on a en face de soi. Que ce soit une actrice, un accusé, un suspect, quelqu'un qui a détourné de l'argent, il appartient au journaliste d'essayer de savoir la vérité, pas de dire la justice.

Je me souviens d'un dimanche de « Mise au point » que je présentais avec Martine Ernst et Gérard Rogge et qui était consacré à Guy Mathot, « toujours éclaboussé, jamais inculpé ». Nous avons été très durs. Je suis sorti de cette émission avec un sentiment de malaise. Oui, nous avions fait notre boulot de journalistes en posant les questions qu'il fallait, mais nous nous étions comportés comme des juges d'instruction. C'était un interrogatoire de flics, et ce n'était pas correct. Nous nous sommes fait copieusement incendier par l'homme politique liégeois à la sortie du studio. Pas tant sur nos questions que sur le ton inquisiteur que nous avions employé. D'ailleurs, en dépit d'un faisceau de présomptions kilométrique, la justice lui a ensuite donné raison.

Nous en avons reparlé des années plus tard. Mathot n'avait pas oublié et avait été profondément marqué par ce moment. Cette leçon m'a servi tout au long de ma carrière et je tente de l'inculquer à mes étudiants : comme disait Mitterrand, attention à ton ton...

COULISSES EN PRIME

Quand on aime les interviews et la politique, certaines émissions sont un véritable Graal. « Faire le point » était le mien. C'était comme une madeleine de Proust, avec le repas du dimanche midi en famille qui n'en finissait plus de durer autour du poulet-fritesabricots. L'apéro commençait à 11 h 30, nous regardions « Faire le point » à midi et mangions à 13 h. Le Bourgogne et la mauvaise foi aidant, mon père et mon grand-père s'étripaient bientôt sous mon regard un peu ébahi, mais déjà passionné.

Autant dire que lorsque j'ai commencé à présenter cette émission politique mythique, mon père ne se tenait plus et mon grand-père aurait sans doute été le plus fier des hommes. Il adorait la politique.

Avec « Mise au point », l'émission « Jeudi en prime » est sans doute l'une de mes plus grandes fiertés. D'abord parce qu'elle me permet de concrétiser chaque semaine ce qui me passionne le plus dans ce métier : l'interview. Et puis j'ai la faiblesse de croire que nous faisons avancer le *schmilblick*, de temps en temps. C'est d'autant plus passionnant que j'ai la chance de mener ces entretiens avec deux personnes que j'apprécie et avec lesquelles « ça matche » parfaitement, comme on dit : Nathalie Maleux et Thomas Gadisseux, chef du service politique. Nous gérons cette émission à trois; il n'y a aucune concurrence sur le choix des invités avec Thomas, même s'il pilote l'interview politique dans la matinale de La Première. Avec Nathalie, qui est en plus une amie, c'est encore plus simple : lorsqu'elle présente le JT, c'est moi qui contacte l'invité. Quand je suis au 19 h 30, c'est l'inverse. Nous passons la plupart du temps par les attachés de presse, par respect. Même si certains, par contre, ne nous respectent pas en ne faisant pas remonter notre invitation à leur patron ou à leur patronne. Alors parfois, on les by-passe et on appelle directement l'homme ou la femme politique. C'est le jeu !

Parfois, nous refusons des invités qui demandent à l'être mais qui n'ont rien à dire ou aucune info exclusive à nous apporter. Le sel de cette émission, c'est d'être dans l'actu et que chaque invité apporte une plus-value. On n'invite jamais personne par défaut ou parce qu'il n'est plus venu sur le plateau depuis longtemps.

Rendons à César ce qui appartient à César : quand « Jeudi en prime » a vu le jour, nous étions en manque d'une émission politique en *prime time*. Depuis « À bout portant » présenté par Alain Gerlache, c'était un peu le vide. C'est avec Hervé de Ghellinck, responsable du service politique à l'époque, que nous avons eu l'idée de « Jeudi ». Nous l'avons soumise à Jean-Pierre Jacqmin et à Jean-Paul Philippot. Le format de l'émission était intéressant : un quart d'heure permet de mettre les hommes et les femmes politiques sur le gril en espérant qu'ils donneront les bonnes réponses.

L'urgence peut faire « cracher sa valda » rapidement. Les interviews au long cours comportent en revanche le risque de tourner autour du pot. Pour découvrir quelqu'un de manière plus personnelle, il faut une émission d'une heure, un peu à l'instar de ce que faisait Jacques Chancel dans « Le Grand Échiquier ».

Le plus compliqué était de faire passer l'idée que nous voulions une émission dans la foulée directe du JT, donc sans pub. Une page de publicité juste après le JT nous aurait fait perdre 100000 téléspectateurs en quelques secondes. J'ai défendu ce point de vue devant l'administrateur général, graphique à l'appui. Il voulait que je lui donne une estimation du nombre de téléspectateurs potentiels pour l'émission. Je n'en avais pas la moindre idée, mais j'ai donné le chiffre de 275000, à pouf. La première de « Jeudi en prime » a fait 450000 téléspectateurs. Quelques jours plus tard, Yves Gérard, le patron de la RMB (régie publicitaire), m'appelait pour me faire les yeux doux et tenter de me faire changer d'avis concernant la pub. Lors d'un repas dans un chouette petit resto, j'ai démarré avant qu'il prononce quoi que ce soit en lui disant ceci : « C'est non. » Nous avons éclaté de rire. Et nous sommes restés des années sans pub. Nous avons ensuite été obligés de passer sous les fourches caudines parce que la situation financière était compliquée. Il fallait faire rentrer de l'argent pour sauver des emplois.

Le concept a donc été accepté assez rapidement. Il n'était pas neuf : il existait déjà dans « Sept sur sept » d'Anne Sinclair, « L'Heure de vérité » sur Antenne 2, « Mise au point » de

Christiane Lepère... On n'invente plus de concepts pour les débats politiques, on les améliore. C'est ce que nous avons tenté de faire, avec un certain succès, je crois. En sachant que les émissions politiques, quoi qu'on en dise, continuent toujours à alimenter les conversations quotidiennes et ont un écho d'autant plus important avec les réseaux sociaux.

C'est avec Johanne Montay que j'ai entamé l'aventure. Un duo qui, comme souvent, a eu des bons et des moins bons moments, avant que Johanne soit remplacée par Nathalie Maleux, avec qui je travaille aujourd'hui en parfaite harmonie professionnelle. Nous préparons l'interview ensemble. Mais surtout, nous faisons preuve d'une grande capacité d'écoute. On peut préparer la meilleure interview du monde, si on n'écoute pas, si on ne rebondit pas, c'est cuit. Souvent, notre entretien explose et se déstructure après deux questions. Ce sont les meilleures émissions, les plus excitantes. C'est aussi pour cela que nous ne donnons jamais les questions à l'avance aux invités. Sauf quand on aborde des thèmes qui relèvent du privé et qui expliquent un comportement public, comme la maladie ou le deuil, par exemple.

Une interview doit pouvoir basculer à n'importe quel moment. Je déteste la comparaison, mais c'est un peu la logique d'un bon enquêteur qui, par une question spontanée, fait surgir l'élément qui va permettre de débloquer un dossier. Et puis on consulte, aussi. On écoute la rédaction qui, parfois, connaît mieux certains dossiers. Il m'arrive de téléphoner à des vieux de la vieille, comme Alain Gerlache ou Hervé de Ghellinck, pour avoir leur avis sur telle ou telle question.

« Jeudi en prime » est aussi devenu un rendez-vous quasi incontournable et l'émission politique qui fait le plus d'audience. Les politiques le savent : ils nous appellent parfois eux-mêmes pour être invités parce qu'ils ont un message à faire passer.

Cela n'empêche pas certains ou certaines de trouver que Nathalie et moi sommes parfois durs. Ce n'est pas forcément le cas. Certes, parfois on joue au « bon flic, méchant flic ». Et je dois reconnaître qu'à ce petit jeu, Nathalie est une championne. Elle a quelque chose que je n'ai pas : c'est une vraie perfectionniste. Elle ne lâche jamais rien. C'est la meilleure intervieweuse que j'ai connue depuis que je suis à la RTBF. Thomas Gadisseux opère dans la même veine. Certains lui reprochent parfois d'interrompre les invités et de ne pas les laisser aller au bout de leur idée. Rien n'est plus faux. Simplement, nous sommes parfois obligés de couper notre interlocuteur parce que si on le laisse faire, on peut sortir du studio, faire le tour de Reyers, revenir et le trouver toujours en train de répondre à la question... Nathalie est une femme déterminée, dans la vie comme dans son métier de journaliste. Elle n'a pas un sale caractère, c'est une femme de caractère. Elle ne fait pas de coups fourrés; je n'ai jamais eu de clash avec elle.

Nous sommes plus directs et incisifs que méchants. La jauge, pour savoir si nous avons été trop piquants ou pas, c'est quand l'invité part immédiatement après l'émission sans passer par la case débriefing. Nous restons alors à boire un verre avec Nathalie en se disant qu'on a fait une bonne interview, comme un vieux couple d'antenne. Par contre, on ne nous surprendra jamais à nous comporter comme les stars d'une émission leader, ce qu'elle est pourtant. Notre objectif avec « Jeudi » n'est pas de casser le politique qui vient souvent quand il est en situation de crise. Notre but est double : récolter des exclusivités et être didactiques. Et si un aspect polémique relance le débat, c'est Thomas Gadisseux ou le JT qui en profiteront pour rebondir le lendemain. C'est, en fait, une émission maillon, avec ses grands moments et d'autres plus neutres ou plus normaux, mais que les politiques prennent au sérieux et préparent. C'est la plus belle reconnaissance que nous puissions recevoir, parce qu'ils savent que nous sommes là aussi pour mettre en avant des choses qui vont bien.

Les téléspectateurs ne s'y trompent pas non plus et nous font confiance. Nous le constatons chaque semaine avec de nombreux retours. Parfois bons, parfois critiques. Et c'est très bien. Nous devons tenir compte de l'avis du public. Ou, comme cela m'est arrivé, de l'avis de la dame qu'on croise et qui vous dit qu'elle adore quand vous présentez la météo sur RTL… Preuve qu'il ne faut jamais se prendre au sérieux, mais faire son boulot sérieusement.

Sans cela, sans faire attention à ce que nous disent les gens, le risque est de rester entre nous, dans notre petit microcosme, et de vivre dans ce qu'Anne Sinclair a appelé « la médiacratie ».

ONKELINX, REYNDERS, DEPREZ…

Les entretiens politiques en général m'ont permis de rencontrer et de découvrir des personnalités particulièrement marquantes, brillantes, éclairantes. C'est le cas de Laurette Onkelinx. Elle a ce côté sincère qui la pousse souvent à avoir des coups de gueule et à défendre bec et ongles ses idées tout en étant dans l'explicatif et dans le concret. J'ai toujours eu aussi un grand plaisir à interviewer Didier Reynders. Parce que derrière son comportement politique assez dur, derrière ses saillies et ses bons mots, il y a autre chose qui, malheureusement, ne transparaît pas toujours à l'antenne. J'ai beaucoup aimé rencontrer Gérard Deprez, aujourd'hui au MCC au sein du MR et, *in illo tempore*, président du PSC. Je n'ai jamais compris pourquoi cet homme, sociologue et grand connaisseur de la Wallonie, n'a jamais été ministre. Sans doute les équilibres politiques l'en ont-ils toujours empêché au sein de son parti.

Vous me direz que tous ces gens sont d'une autre génération et avaient une manière de faire de la politique complètement à l'opposé de celle d'une bonne partie du microcosme aujourd'hui. La *punchline*, la petite phrase qu'on retiendra est devenue un leitmotiv chez certains. Je ne suis pas sûr que ça nourrisse le débat ou que ça serve leur crédibilité.

Certains, d'ailleurs, dans la nouvelle génération, l'ont bien compris et savent que le fond et l'explication comptent toujours. Les bonnes audiences que réalise « Jeudi en prime » lorsque nous invitons des personnalités jeunes et moins connues sont là pour le prouver.

Ce sont eux, les « clients idéaux ». Parce que ce sont des enfants de la télé. Et qu'ils répondent aux questions sans fioritures. Ils ont compris que faire passer tous ses points sans écouter la question et la sous-question, faire des circonvolutions oratoires pendant des minutes avant d'arriver au cœur du sujet, ça ne passe plus. Mais il faut reconnaître que le mode *punchline* a modifié sensiblement la manière d'interviewer les politiques. Nous aussi, nous allons aujourd'hui plus directement au cœur du débat, en étant moins verbeux.

Cette différence de génération, elle est également dans la pression que les « petits nouveaux » ressentent. J'ai beaucoup de respect pour eux en dépit du fait que certains cherchent uniquement le *buzz*. Parce qu'ils sont sur la sellette en permanence. Observés, épiés, risquant à tout moment, au moindre égarement de se faire choper par une vidéo malencontreuse. Ce n'est pas très populaire de dire cela par les temps qui courent, mais il faut se rendre compte que ces gens travaillent comme des dingues, avec une récompense qui n'est pas toujours à la hauteur. Certains se font insulter, menacer pour une décision qui ne plaît pas.

CÔTÉ PILE

« Jeudi en prime » est une émission passionnante parce qu'elle permet aussi de découvrir nos invités côté pile, singulièrement après l'antenne. On en apprend parfois, souvent, plus hors champ qu'en plateau.

Certains politiques, notamment, assez consensuels à l'antenne, n'hésitent pas à se livrer lors du petit débriefing...

Remarquez, ce n'est pas propre à « Jeudi en prime ». C'est une constante des émissions politiques. Lorsque j'étais jeune journaliste, une après-interview m'a particulièrement marqué : celle de l'ancien Premier ministre Jean-Luc Dehaene. D'abord parce que j'ai été impressionné par le respect que cet homme d'État m'avait témoigné. Vu mon inexpérience, il aurait pu me retourner comme une crêpe. Il ne l'a pas fait. Mais ce qui m'a surtout frappé, c'est la fragilité que l'on percevait derrière la machine de guerre. Jamais je n'aurais imaginé que se cachaient, sous des dehors de bulldozer et derrière un franc-parler inégalable, autant de failles.

Cette fragilité, j'en ai été témoin un jour dans « Mise au point ». Chaque dernier dimanche avant les vacances parlementaires (le 21 juillet), la tradition de notre émission politique était de recevoir le Premier ministre, histoire de faire le bilan de l'année politique écoulée. Ce jour-là, j'avais offert des fleurs à son épouse qui l'accompagnait pour l'occasion. Malgré un agenda surchargé, Jean-Luc Dehaene est resté avec moi dans une loge de maquillage plus longtemps qu'à l'accoutumée. Et il s'est lâché sur une série de choses très intimes : ses rapports compliqués avec son père qui était psychiatre, son fils qui prenait des chemins de traverse, pour dire les choses gentiment. Il m'a parlé aussi de sa santé, notamment de son psoriasis qui le fatiguait beaucoup lorsqu'il était victime d'une poussée en pleine crise gouvernementale. Nous sommes restés à papoter autour d'une chope pendant deux heures. Dehaene était plus bière que champagne. Peut-être cela l'a-t-il aidé à se confier plus que de coutume...

Ce n'était en tout cas pas ma volonté. Susciter la confidence n'est pas mon leitmotiv. Un jour, lors d'un dîner, Benoît Lutgen m'a parlé de problèmes très personnels sur le plan familial. Je lui ai même demandé de s'arrêter là, lui rappelant que j'étais journaliste. Je ne voulais pas que ces détails gênent notre relation politique à journaliste.

Par contre, chaque fois qu'un politique s'épanche, je me dis que c'est le résultat d'une relation de confiance que j'ai su établir entre nous au fil des années. J'ai toujours eu pour logique de ne jamais trahir le *off*. À aucun moment, je ne me suis servi de confidences pour une interview suivante. C'est la base. Bien sûr, si je sais que la personne que je reçois traverse des difficultés personnelles, sans doute serai-je moins frontal.

D'autres se confient facilement en plateau. Elio Di Rupo, par exemple, parle facilement de l'affaire Trusgnach, une machination qui avait pour objectif de le détruire et qui l'a profondément marqué, au point que lorsque des amis ou des rivaux politiques sont pris dans une spirale judiciaire, il est le premier à rappeler le principe de la présomption d'innocence. En *off*, par contre, Elio Di Rupo parle aussi d'autres choses que de la politique, il se montre touchant quand il évoque l'Italie et étonnant quand il parle de cuisine italienne. Ce sont évidemment des sujets plus légers, mais qui montrent que les politiques ne sont pas des machines. C'est la preuve aussi qu'ils peuvent parler d'autres sujets que de la politique, que ce sont des hommes et des femmes comme vous et moi. Tous et toutes ont des failles, une certaine fragilité qui, paradoxalement, renforce parfois leur dureté, simplement parce qu'ils ne veulent pas que cela apparaisse. Raison pour laquelle, dans le monde politique comme dans le monde médiatique, je crois à la force de l'entourage qui peut ramener sur terre ceux qui ne la touchent plus.

LE MYSTÈRE COOLS

« Jeudi en prime » me permet depuis des années d'alimenter ma passion pour le journalisme politique. Mais avant cette émission, j'ai eu des années durant la chance de couvrir l'actualité politique, ce qui a réellement marqué ma carrière.

Parmi les événements les plus frappants, citons l'assassinat d'André Cools le 18 juillet 1991, qui restera toujours un mystère pour moi et qui n'a d'ailleurs jamais été résolu : pourquoi l'a-t-on tué ? On sait qui, mais pas pourquoi. Tous les fantasmes ont couru, qui avaient peut-être un fond de vérité. Mais personne ne peut l'expliquer, pas même ses proches. Avait-il découvert des dysfonctionnements dans certains cabinets ministériels ? Allez savoir...

Par contre, qu'on ne vienne plus me parler de complot ou de volonté de la presse de cacher certaines choses dérangeantes pour l'appareil de l'État. Je suis certain que les enquêteurs ne rêvent que de résoudre cette affaire et de savoir qui a commandité ce crime. Tout comme les enquêteurs sur les tueries du Brabant ne pensent qu'à résoudre cet autre mystère vieux de quarante ans...

Ce dont je suis certain, néanmoins, c'est que le monde politique a été totalement paralysé par cet assassinat. Les questions restées sans réponse ont trotté dans les têtes de certains pendant des années. Il faut dire qu'on n'avait plus vu d'assassinat politique en Belgique depuis celui du communiste Julien Lahaut en 1950. Cools incarnait l'homme d'État, le président de parti, l'homme fort de Liège. Et toute sa génération se pose encore des questions. Connaîtrons-nous un jour la vérité ? Je l'espère. Peut-être sera-t-elle étonnante, ou tristement banale.

AGUSTA ET INUSOP, HERMANUS ET LE KGB

L'enquête sur l'affaire Cools a mené à une autre histoire marquante sur le plan judiciaire et médiatique : l'affaire Agusta. À cette époque, en 1993, je présentais « Mise au point » et, occasionnellement, le JT. Ma logique dans cette histoire était simple : je ne voulais pas devenir l'interlocuteur privilégié de l'une ou l'autre des parties, je voulais rester objectif et éviter tout parti-pris.

De cette période, je garde un souvenir assez désagréable : il y avait dans le conseil d'administration de la RTBF un commissaire du gouvernement censé vérifier le bon fonctionnement de l'institution ertébéenne. Il s'agissait de Merry Hermanus, socialiste plus que bon teint. J'enquêtais à ce moment sur le financement d'Inusop, un institut de sondage lié à l'ULB. On parlait là de faux, d'usage de faux et d'escroquerie liés au financement direct du PS. Le nom d'Hermanus avait surgi dans mon enquête. Et il n'avait pas fallu dix minutes pour que ce monsieur téléphone à la RTBF pour se renseigner sur mon compte, en mode « Qui est cette crapule » ?

Heureusement, la direction, impassible, m'a laissé travailler à ma guise. Hermanus, fort imbu de sa personne, pensait-il qu'il pourrait, avec ses méthodes dignes du KGB, me faire rentrer dans le rang ? Si des informations à mon sujet sont remontées jusqu'à lui, il a en tout cas dû fort s'ennuyer en les lisant. Je n'en ai jamais parlé avec lui. Cela aurait été lui donner beaucoup d'importance et lui faire trop d'honneur.

Côté intime

CLIC-CLAC, LA TÊTE DANS LES NUAGES

Il n'y a pas que le journalisme dans la vie. Je suis un passionné multiple. Je suis trop éclectique pour me concentrer sur un seul exercice. Certains peuvent le faire. Il n'y a qu'une seule de mes activités sur laquelle je peux mettre un focus unique : la photo. C'est une passion qui me vient de loin. Mon père avait un appareil Rolleiflex, un argentique qui ressemblait à un emballage de café moulu et dont le viseur est au-dessus de l'appareil, ce qui permet de très bien cadrer.

Très jeune, j'ai été fasciné par l'appareil plus que par la photo en elle-même. Je baignais en outre dans un milieu où l'art avait toute sa place et dans une ville où il y avait de grands photographes, comme Vercheval et Bérard.

Vers l'âge de 12-13 ans, j'ai envisagé de suivre des cours de photographie à l'Académie de Charleroi. Mes parents ne me l'ont jamais permis, d'une part parce que j'étais un cancre, d'autre part parce que mes journées étaient longues à cause des trajets en bus que je devais faire chaque jour de la semaine. Dommage. Cela m'aurait peut-être permis de réaliser un rêve : être photographe de guerre. Bien sûr, la guerre n'est que souffrance. Elle n'est jamais belle, mais elle peut être photogénique. Une photo me semble permettre de fixer un moment et de rendre compte de la souffrance mieux qu'une caméra, qui fait très vite passer d'une image à l'autre.

Pendant des années, j'ai traîné cette frustration de ne pas pouvoir m'adonner à ma passion comme je l'entendais. Pour mes 18 ans, j'ai reçu un appareil Nikon bas de gamme avec lequel j'ai commencé à faire énormément de photos de concerts de rock. À l'époque, c'était facile : il ne fallait pas d'autorisation. Aujourd'hui, si on entre dans une salle de concert avec un appareil, on est dehors après trois chansons.

Les Straycats, Clash, Kiss sont tous passés sous mon objectif. J'ai même vu les Scorpions à la Ruche verrière de Lodelinsart. C'était une autre époque. Toutes ces images ont malheureusement disparu lors d'un vol à mon domicile.

Après l'unif, en entrant dans la vie professionnelle, j'ai laissé la photo de côté. Jusqu'il y a dix ans, lorsque Marie m'a offert un nouvel appareil avec lequel je me suis mis à photographier des nuages en noir et blanc. C'est un ami qui, un jour, m'a suggéré d'exposer. J'ai alors pris contact avec le galeriste Pascal Young qui m'a permis de réaliser ce petit rêve. J'avais le pied à l'étrier, c'était parti, non pas pour la gloire, mais pour le grand retour de ma passion.

Mais pourquoi des nuages, me demanderez-vous ? L'explication est simple : en photo comme dans la vie, j'aime les contrastes. Le noir et blanc permet de les magnifier. Et puis, pour quelqu'un qui a souvent la tête dans les nuages, il y avait une certaine cohérence.

Cumulus et stratus m'ont permis de sortir un bouquin de photos, ce que je n'aurais jamais osé envisager il y a quelques années.

Cette expérience m'a permis d'enchaîner les projets, dont l'expo et le livre pirate sur les Rolling Stones réalisés avec Paul Coerten, l'un des plus grands photographes de rock en Belgique. J'avais pas mal de photos de la bande à Mick Jagger, mais j'ai surtout eu la chance de shooter l'un des derniers concerts du groupe en Europe avec Charlie Watts, à l'Arena de Nanterre. J'avais caché discrètement un mini-appareil dans le sac de Marie et je me suis faufilé jusqu'aux premiers rangs. J'ai eu également la chance d'accéder au *backstage*. Paul m'a proposé de mettre mes photos en vis-à-vis de celles qu'il avait réalisées en 1973, lors du mythique concert de Forest national qui remplaçait celui qui avait été interdit en France. Les Stones étaient à l'époque *personae non gratae* dans l'Hexagone pour quelques petits soucis de consommation de substances illicites. Ça a été une expérience passionnante, tout comme celle du livre que j'ai réalisé avec Barbara Abel. C'était à l'époque du Covid. Tout le monde en avait marre, on ne pouvait circuler que dans son quartier. Pour mon hygiène mentale, j'avais décidé d'aller me balader tous les jours et de prendre un cliché illustrant le Covid. Après en avoir discuté avec Barbara, dont j'adore l'écriture, nous nous sommes mis d'accord sur un projet commun : en rentrant de ma balade, je lui envoyais la photo du jour dont elle s'inspirait pour écrire un texte. Une sorte de journal du Covid. Durant ces quelques mois compliqués, c'était pour moi une échappatoire, une manière de me sortir d'un quotidien redondant dans lequel on ne parlait plus que d'une actualité plombante.

Ce que j'aime dans la photo, c'est justement varier les plaisirs. Raison pour laquelle j'ai aussi réalisé une série de photos entre les Corbières et la Belgique dans les tons bleus. J'adore cette couleur. Celle de la nuit aussi, dont je suis un oiseau.

Comme disait ma mère : « François, tu ne sais jamais rentrer. » Une fois minuit passé, je suis capable de m'enfoncer dans la nuit. Je ne compte plus le nombre de fois où j'ai prolongé une soirée jusqu'à pas d'heure. C'est sans doute pour cela que je me suis lancé il y a quelque temps dans un nouveau projet : faire des clichés de petits groupes de rock ou de jazz qui se produisent dans des troquets parfois improbables. Nightmosphère…

Bref, je continue mon petit bonhomme de chemin de photographe amateur, mais je n'ai aucune prétention d'être un cador en la matière. Il est d'ailleurs probable que si je n'avais pas été connu, je n'aurais pas eu autant de facilités pour accéder à des éditeurs ou à des galeries. Certains me critiquent pour cela ; à vrai dire, je m'en moque. Je suis le conseil du grand photographe de guerre belge Bruno Stevens, qui m'a dit un jour : « Si tu as envie de le faire, fais-le ! » Je n'ai pas l'impression d'être un usurpateur, et le monde de la photo ne m'a jamais dénigré.

En vieillissant, je ne prends plus en considération les gens qui râlent. Ça me prend trop d'énergie. J'aime ce que je fais et je le fais sans pression, de manière instinctive. Je m'amuse et c'est le plus important. Sans doute consacrerai-je plus de temps à la photo lorsque j'aurai quitté la RTBF, mais sans en faire un nouveau boulot. Je ne serai pas de ceux qui, la pension venue, angoissent en se disant qu'ils doivent absolument continuer à travailler. Suivre une formation pour m'améliorer, pourquoi pas ? On peut changer : même si j'ai toujours eu une relation, disons, compliquée avec l'école, je pourrais retourner sur ses bancs.

LES SOIRÉES ÉLECTORALES

Autre format journalistique où l'interview est capitale : la soirée électorale. Elle m'offre une belle dose d'adrénaline, parce que je reste un passionné de politique, en dépit du climat poujadiste dans lequel nous évoluons actuellement. Et je suis conforté dans cette passion par les découvertes positives que je peux faire au gré de ces soirées. La jeune génération me bluffe. Dire cela n'est pas faire offense à ceux que j'interviewe depuis des années, qui me connaissent par cœur (et *vice versa*).

Au PS, Pierre-Yves Dermagne et Thomas Dermine apportent réellement un vent de fraîcheur. Chez Écolo et Groen, Marie-Coline Leroy et Saskia Bricmont sont de vraies belles personnalités politiques. Alexia Bertrand, qui est passée du MR à l'Open VLD, est une femme politique qui va compter. Elle est ultralibérale et issue d'une famille nantie, certes, mais elle ne laissera jamais personne au bord de la route.

Cette génération me donne confiance non seulement en cette politique tant décriée, mais également en l'humain. La force et la détermination de Caroline Désir dans le secteur difficile qui est celui de l'enseignement sont aussi marquantes d'un point de vue journalistique.

Il y a dans ces moments spéciaux un côté aléatoire qui permet à l'émission de prendre une tournure improbable. Bien sûr, ça se prépare. Nathalie Maleux, par exemple, est d'une grande rigueur dans sa préparation, alors que pour ma part, je laisse toujours une part à l'improvisation parce qu'il peut toujours se passer quelque chose. J'ai parfois vu des alliances se forger sur le plateau. Je me souviens notamment du jour où Freddy Thielemans, PS, était sur le point de devenir bourgmestre de Bruxelles. Cette année-là, le socialiste avait réussi à renverser les libéraux en s'alliant avec Écolo. Je le connaissais assez bien. Quand il est arrivé en studio, j'ai vu dans ses yeux qu'il allait se passer quelque chose. La poignée de main avec le représentant d'Écolo a confirmé mon impression : ils s'étaient vus avant de venir. Le réalisateur, malin, a capté cette image.

Ces soirées, c'est aussi de la pure adrénaline. Des heures d'antenne passionnantes, même si elles sont parfois éprouvantes. Ce n'est pas pour rien si nous nous préparons, y compris physiquement, pendant les semaines qui précèdent. Un mois sans alcool, mais avec beaucoup de sport et de marche. Ces émissions, c'est de la corde raide en permanence qui requiert de surcroît une grande complicité entre les présentateurs. Avec Thomas Gadisseux, Nathalie Maleux ou, avant, avec Hervé de Ghellinck ou Alain Gerlache, on se connaît par cœur. En un regard, on se comprend. Et on peut tous compter les uns sur les autres. Si l'un d'entre nous a un moment d'inattention ou un petit coup de mou, les autres compensent.

Notamment dans les moments où il faut « meubler », comme on dit dans le jargon, parce que les résultats ne tombent pas. C'est d'autant plus embêtant quand on commence l'émission électorale très tôt. Je suis parmi les rares à penser qu'il faut lancer la journée des résultats juste après le JT de 13 heures. J'ai dû me battre avec le directeur de la télé de l'époque, Yves Bigot, pour convaincre l'administrateur général de commencer si tôt. Ravis de son « *go* », nous avons donc enfin obtenu d'être à l'antenne plus tôt que de coutume. Mais à peine l'émission commencée, on m'a prévenu en régie d'une panne générale de satellite. Pas de 4G alors que nous avions quinze points de captation dans les QG des partis et ailleurs. La galère intégrale et l'angoisse totale qui nous ont obligés à tenir le crachoir sans rien savoir. Ça a duré deux heures...

CORDON SANITAIRE

Il y a dans ces journées et ces soirées un côté magique que je retrouve à chaque fois. Tout comme je me pose inlassablement les mêmes questions à l'issue de chaque scrutin : pourquoi assiste-t-on à la montée de l'extrême droite et du populisme ? Cette lame de fond dans toute l'Europe est interpellante, mais je gage qu'à un moment, la tendance s'inversera, parce que les électeurs ne sont pas bêtes. Notre chance, en Belgique, c'est le vote obligatoire. Ce qui, par exemple, n'est pas le cas en France. Lors des dernières présidentielles dans l'Hexagone, Marine Le Pen n'a dû sa défaite qu'à son écroulement lors de son duel télévisé face à Emmanuel Macron. C'est en cela que la télévision joue un rôle démocratique. Lors de ce débat, les électeurs, y compris les membres du RN, se sont rendu compte qu'elle n'avait pas les compétences. Je reste pourtant convaincu que débattre avec l'extrême droite est très dangereux et trop lapidaire.

Simplement parce que ces gens donnent des réponses tellement simplistes à des problèmes complexes que, d'une certaine manière, on amplifie leurs propos. En revanche, faire des sujets et des reportages sur le financement de ce genre de partis, sur l'enrichissement de certains, sur la proximité de Marine Le Pen avec le régime russe, ça, c'est porteur démocratiquement.

En clair, le face-à-face animé par un journaliste et le décryptage oui, l'extrême droite à « Jeudi en prime » non. Je reste favorable au cordon sanitaire dans les médias. Les journalistes qui sont contre ce cordon se présentent souvent comme des Zorro qui, au nom de la vérité, se targuent de vouloir trancher la gorge aux néofachos.

D'abord, notre métier n'est pas de trancher la gorge à qui que ce soit. Il est en revanche de notre ressort de montrer que, quand l'extrême droite est au pouvoir, ça ne fonctionne jamais et qu'elle peut conduire à la pire des dictatures. C'est peut-être dans mon chef plus un comportement de démocrate que de journaliste : je l'assume. Je ne suis par contre pas d'avis de mettre, chez nous en Belgique, le PTB sur le même pied que l'extrême droite et donc de lui imposer le cordon sanitaire. Parce que le PTB n'est pas une formation politique raciste et jamais je n'ai senti chez Raoul Hedebouw et son parti une quelconque volonté d'instaurer une dictature en Belgique.

J'avoue que parfois, j'ai des inquiétudes, notamment quand j'entends Sofie Merckx laisser croire qu'elle préfère Poutine à Zelenski et qu'elle n'est donc pas du côté des agressés dans le conflit ukrainien. Mais le fonds de commerce de l'extrême gauche ne sera néanmoins jamais la ségrégation, l'expulsion. Le PTB est d'ailleurs représenté au CA de la RTBF.

LA GRAND-MESSE DOIT S'ADAPTER

Nos soirées électorales restent, pour moi, une vraie passion, et c'est un véritable travail d'équipe sur le long terme. Une émission de soir d'élection, ça se prépare bien à l'avance avec toutes les équipes journalistiques et techniques. Nous devons également résister aux pressions, notamment des partis qui estiment toujours qu'ils ne sont pas assez représentés lors des émissions préélectorales. Raison pour laquelle nous avons ce que nous appelons des « fromages » qui montrent les temps d'antenne octroyés, à la demi-seconde près, à chaque formation politique. Une soirée électorale, c'est l'aboutissement d'un travail qui doit être soigné en permanence pendant des mois.

Nous devons faire évoluer ce travail d'élection en élection, notamment parce qu'aujourd'hui, avec l'avènement du Web et des réseaux sociaux, on ne peut plus se permettre de travailler à l'ancienne. Les premiers résultats tombent très tôt et nous devons reconnaître que les émissions à la télé n'ont plus ce statut de grand-messe. Deux choses intéressent l'électeur : comment a voté son village natal et quels sont les résultats dans la commune où il habite. Or, à l'heure actuelle, il le sait très vite, et pas forcément en regardant la télé. Ça nous demande donc beaucoup plus de réactivité pour garder le propos intéressant. Ce que, visiblement, nous arrivons à faire puisque les derniers sondages montrent que l'audience augmente en période électorale. Je trouve cela assez rassurant sur le plan démocratique. L'intérêt pour la chose politique reste grand. Pas forcément sur le plan idéologique, mais bien dans l'envie des citoyens d'améliorer le fonctionnement du pays et de ses institutions, notamment au niveau de la simplification administrative, de la prise en compte des enjeux climatiques et de l'intérêt que l'on portera à la jeunesse.

La réforme de l'État reste un enjeu; la volonté de voir les politiques plus proches des gens n'a jamais été aussi grande. Raisons pour lesquelles je reste persuadé que les Régions restent le nœud où doivent se prendre les décisions qui concernent vraiment les citoyens. C'est Louis Tobback qui, un jour, m'a fait prendre conscience de cette réalité. Je lui avais demandé, alors qu'il sortait de sa charge de ministre de l'Intérieur, pourquoi il retournait sur ses terres louvanistes. Il m'avait répondu qu'il préférait l'échelon communal parce que les décisions se prenaient plus facilement et plus vite qu'au niveau fédéral.

NOUS NE SOMMES PAS DES FAISEURS DE ROIS

Ces soirées électorales sont intensifiées par le fait que les invités sont, en ces moments-là, dans un état tout sauf normal. S'ils ont perdu, c'est le drame. S'ils ont gagné, ils sont survoltés. Même si avoir remporté les élections ne signifie pas forcément former un gouvernement, surtout en Belgique.

J'ai parfois vu des hommes ou des femmes politiques s'isoler dans un bureau connexe au studio pour négocier ou, à tout le moins, prendre plus que des contacts. Cela dit, restons honnêtes, pour excitantes qu'elles soient, ces soirées que nous pilotons ne sont pas faiseuses de rois ou de reines. Prétendre le contraire serait présomptueux, voire prétentieux. Des moments de rencontre, oui. Mais les journalistes ne font pas les gouvernements. C'est aussi une chose que ma famille m'a apprise : ne jamais croire qu'on joue un rôle prépondérant parce qu'on occupe une fonction particulière. Tout au plus sommes-nous parfois des micromaillons dans de micromoments. C'est particulièrement vrai pour le métier de journaliste. Nous n'avons pas connaissance de tout et nous ne sommes pas là pour dire qu'on peut répondre à tout. Quand je présentais la deuxième édition du JT, avant de passer au 19 h 30, j'étais assailli de questions. Comme si, parce que j'étais « le monsieur de la télé », j'avais réponse à toutes les interrogations des téléspectateurs.

Évidemment, quand on est jeune, ce sentiment que les gens comptent sur vous et vous font une confiance quasiment aveugle peut vous faire un peu décoller de la terre ferme. D'autant qu'à cette époque, c'étaient les années 1980, une période insouciante. J'étais convié partout et je répondais à toutes les invitations mondaines. Aujourd'hui, j'ai donné, merci bien. Mais il y a trente-cinq ans, j'avoue que j'aurais pu me prendre le melon et croire que j'étais le « *king of the divan* », comme le chantait Plastic Bertrand. Heureusement, mes proches m'ont aidé à ne pas partir en vrille. « Rastrin, hein, François », me disaient-ils, libre traduction carolo de l'expression « Arrête ton char, Ben-Hur... »

Mes vrais amis, ma compagne, Marie, ma fille, Sarah, et ma famille m'ont aidé à me préserver. Ce sont les mêmes depuis toujours. Ce sont eux qui me maintiennent à flot, qui me rappellent de ne pas me prendre pour ce que je ne suis pas. Et qui me renvoient souvent cette phrase de mon père : « Le jour où tu ne seras plus dans l'aquarium, ton téléphone ne sonnera plus. » C'est tellement vrai ! Ceux qui se sont grillés dans le métier sont ceux qui se croyaient indispensables et qui vivaient dans un microcosme. Je l'ai fait pendant un temps, mais j'ai vite compris que ça risquait de me perdre. Et que ma nature profonde, c'est d'être une sorte de loup solitaire qui a besoin de retrouver sa bande régulièrement.

Naïvement, je me dis que c'est peut-être cela qui fait que je suis apprécié du grand public. Les gens savent que je suis pareil dans la vraie vie. Je vais chercher mes journaux, je me balade sur le campus de l'ULB. Je ne vis pas avec des moyens ni un comportement de privilégié. Il y a deux ans, alors que j'étais invité en VIP aux Ardentes, j'ai eu envie d'aller écouter Orelsan dans le public. L'ambiance y était bien meilleure. Les jeunes devant la scène étaient tout étonnés de me voir là. Ce comportement, qui est de ne jamais croire que la fonction fait le surhomme, est naturel chez moi.

Échapper au public envahissant qui idolâtre ou starifie aide aussi à rester « normal ». Bien sûr, parfois, je me fais accoster en rue ou à la salle de sport. C'est normal et je l'accepte, parce que je suis un personnage public. Cela fait partie du jeu. Et puis c'est vrai, je suis quand même une bonne partie de l'année dans le salon des gens. Qui sont la plupart du temps bienveillants et respectueux. Ils savent et comprennent que dans un resto, je n'ai pas forcément envie de faire un selfie dans la minute où j'arrive. Ce que je ne supporte pas, par contre, c'est l'agressivité. Mais elle est rare.

Ne pas être surpayé, ça maintient aussi la tête froide. Contrairement à la France où les salaires des stars du JT dépassent l'entendement, où l'argent rend fou, en Belgique, il est impossible de le devenir à cause de son compte en banque : en tant que présentateur, je gagne rigoureusement la même chose qu'un journaliste de terrain entré en même temps que moi à la RTBF. Ce qui est bien normal, parce que le journal, finalement, c'est celui d'une équipe. Une édition ne repose pas sur le seul présentateur.

C'est pour cela que je n'ai jamais aimé Patrick Poivre d'Arvor, par exemple. Et ce, bien avant ses déboires et les accusations d'agressions sexuelles. Ce type a fait croire pendant des années que le journal, c'était lui. Rien n'est plus faux. Sans les journalistes, les équipes techniques, il n'est rien comme je ne suis rien. Ce n'est pas de la fausse modestie : j'en suis intimement convaincu. Poivre d'Arvor, lui, rêvait de funérailles nationales. Ce qu'il a eu, d'une certaine manière, notez... Et puis il avait toujours un côté onctueux qui n'est absolument pas ma tasse de thé. Il avait coutume de dire « Je drague la caméra », formule insupportable. Plus encore quand on sait ce qui s'est passé... Je ne comprendrai jamais, en outre, comment TF1 a pu maintenir un présentateur qui a triché en réalisant une fausse interview de Fidel Castro. Si nous faisions une chose pareille à la RTBF, nous serions dehors en cinq secondes. Lui, ce qui l'a rendu fou, c'est le système, justement. PPDA était payé un million d'euros net par an. C'était un scandale. Si TF1 l'avait remplacé, l'audience n'aurait pas chuté, j'en suis convaincu. Mais il était visiblement suffisamment usurpateur et manipulateur pour faire croire qu'il tenait ce fameux système en main. Ce qui n'a pas empêché les affaires de lui péter à la gueule, si vous me passez l'expression.

PPDA n'était pas naturel. Il est pour moi l'antithèse de Christine Ockrent qui était un vrai sphinx et un monstre de recul journalistique. Elle avait ce qu'on appelle un « *poker face* », un visage sur lequel rien ne transparaissait. Un recul total que, je l'avoue, je n'ai pas toujours. Louis Michel, un jour de colère contre la RTBF pour je ne sais plus quelle raison, m'avait lancé : « Vous, avec votre petit sourire ironique, je sais ce que vous pensez. » Il paraît en effet que j'ai parfois un sourire goguenard, qui vient de ma nature profonde mais dont je ne me rends pas compte, sincèrement. Mais, avouons-le, on a besoin de rire. Je passe mes journées devant deux moniteurs sur lesquels défilent en permanence des images horribles. Si on ne peut pas en rire à un moment, on devient dingue. Comprenez-moi bien : je ris beaucoup et de tout, mais je ne suis pas un cynique. Le cynisme est pour moi un facteur de non-progrès, puisqu'il est fataliste par essence...

Chapitre 4

JOIES ET REGRETS

JEANNE MOREAU

Si quelques hommes et femmes politiques m'ont réellement marqué en trente ans, interroger certains monstres sacrés de la culture m'a aussi apporté d'énormes satisfactions personnelles.

Jeune journaliste, j'ai par exemple eu le grand bonheur d'interviewer Jeanne Moreau alors qu'une expo lui était consacrée à l'occasion du Festival du film de Bruxelles. Un entretien qui n'a pas démarré sous les meilleurs auspices puisque j'ai eu la mauvaise idée de ne pas regarder le reportage qui lui était consacré diffusé avant l'entretien. Mal m'en a pris : la journaliste avait eu l'indélicatesse de parler de la vieillesse de l'actrice, ce pour quoi j'ai tenu à lui présenter mes excuses en revenant en plateau. Là, quelque chose s'est passé : Jeanne Moreau m'a demandé si je ne trouvais pas que la journaliste avait un ton curieusement triste. Une claque pour celle qui avait fait le reportage, mais aussi une manière d'installer une certaine connivence avec moi.

C'était une grande dame, une grande actrice, et sa voix m'a toujours fasciné : c'est la voix du plaisir, de la femme qui a picolé, qui a fumé. Elle avait un côté *no limit* qui me touchait, évidemment. Vieillesse ? Oui, sans doute. Mais une belle vieillesse, sans lifting. Sa nature était intacte. Et nous avons bu un whisky ensemble en sortant de l'interview... Tout en parlant du cinéma et de la vie.

C'est ce genre de personnage, vrai, authentique, qui donne les meilleurs moments de télé. Ceux qui viennent pour vendre leur soupe n'ont pas grand intérêt. Ils le savent. Et le public, qui n'est pas idiot, le sait aussi.

ALAIN DELON

Ce métier m'a décidément permis et me permet toujours de faire des rencontres uniques, parfois pittoresques, qui me laisseront des souvenirs impérissables. Celle avec Alain Delon restera sans aucun doute l'une des plus marquantes.

L'homme a beau être décrié pour ses sympathies à l'égard de la droite, il n'en reste pas moins un immense personnage. En janvier 1999, alors que je présentais le JT depuis à peine deux ans, Delon était mon invité pour une pièce qu'il jouait notamment au Palais des Beaux-Arts de Charleroi. La tournée « en province » avant le triomphe parisien...

Je savais que cette star parmi les stars n'était pas facile à interviewer. Il avait la réputation d'être cassant. Je l'attendais à 19 h pour préparer son passage en plateau. Il est arrivé à 18 h 59. Il était sapé comme dans *Borsalino* et flanqué de deux sbires tout droit sortis du même film de gangsters marseillais, deux types du casino de Namur dont l'acteur était à l'époque actionnaire. En tombant sur lui dans la loge de maquillage, je savais que tout allait se jouer dans ce premier contact, à la première seconde. Delon, voyant mon jeune âge, m'a dit : « C'est vous qui allez me disséquer ? » « Ça dépend de la qualité du patient », lui ai-je répondu du tac au tac. Ne jamais se laisser impressionner, c'est la base de l'interview. Juste avant le JT, nous nous sommes isolés, histoire de baliser l'entretien, même si je ne donne jamais les questions à l'avance à mes invités. Les deux sbires voulaient nous accompagner : Delon leur a intimé l'ordre de ne pas entrer. Un vrai film. Drôle, mais un peu paniquant, à trente minutes de l'antenne.

Premier sujet : la pièce qu'il jouait, une œuvre d'Éric-Emmanuel Schmitt. « Nous n'en parlerons pas, a-t-il dit. Vous ne l'avez pas encore vue et vous ne saurez donc pas de quoi vous parlez. » Le ton était donné...

Deuxième thème : *Le Mystère Delon*, le livre de Pierre Péan consacré à la face sombre et aux côtés troubles de l'acteur. « Nous ne parlerons pas de ça, puisque les meilleures pages, si je puis dire, car c'est un terme douteux, sont parues dans *L'Événement du jeudi* et ce ne sont que des extraits. Le livre n'est pas encore paru. Vous ne l'avez donc pas lu. Moi non plus, et je ne le lirai jamais. » Ambiance et cotillons qui laissaient augurer un JT un peu compliqué.

Dernière tentative : parler de l'actu. « Je parlerai de ce dont j'ai envie », a conclu Delon. J'ai donc quitté la pièce pour la répétition du JT, laissant la place à Marie, ma compagne, qui était la scripte.

Regardant la répétition sur l'écran de la loge, Delon s'est alors aperçu qu'il y avait une erreur de sous-titre : à la place de mon nom apparaissait celui de Fabienne Vande Meerssche, qui présentait le journal en alternance avec moi. « Je vais l'appeler Fabienne », a dit Delon à Marie. Qui, connaissant son asticot, le lui a vivement déconseillé. Sur le plateau, je dois avouer que l'acteur était transformé. Un autre homme, affable, détendu et ouvert. Il a insisté pour rester en plateau pendant tout le journal, pour pouvoir réagir aux divers sujets d'actualité. Affublé de ses trois paires de lunettes qu'il ne cessait de changer, il a finalement répondu à toutes mes questions.

J'ai passé un moment merveilleux avec ce monstre sacré du cinéma français. Et lui aussi, je l'espère... Il m'a en tout cas invité à assister à la représentation de sa pièce au PBA de Charleroi. Le soir du spectacle, Marie et moi avons été accueillis par deux autres gorilles qui nous ont menés aux meilleures places de la salle. À la fin de la pièce, alors que nous nous apprêtions à aller boire un verre au célèbre café Les Templiers sur la place du Manège, les sbires sont venus nous chercher et nous ont emmenés, presque *manu militari*, dans la loge de Delon, by-passant Annie Cordy et l'agent d'acteurs Dominique Besnehard qui faisaient la file. Dans la loge, un immense portrait d'Alain Delon sur un chevalet, un portrait plus petit de sa femme et ceux de ses enfants. Un résumé du personnage : Delon parle d'abord de Delon et puis des autres. Il trouvait Charleroi bizarre, notamment parce que la direction du PBA avait mal réglé ses lignes téléphoniques : dans la loge du Samouraï, ça n'arrêtait pas de sonner. Les gens pensaient être à la billetterie et voulaient réserver des places ! Alors Delon répondait, prenait note et filait les réservations au service *ad hoc*. La classe…

Côté intime

LIKE A ROLLING STONE

Si j'aime passionnément le cinéma et la photo, j'aime aussi la musique. Je ne compte plus les vinyles ou les bouquins sur le rock qui ont envahi ma maison. Là encore, tout s'est joué dans ma jeunesse. Chez moi, la radio fonctionnait en permanence. C'est toujours le cas aujourd'hui, d'ailleurs. « Fanfan, chez toi il y a toujours de la musique », m'a un jour dit ma petite-fille de 6 ans. Un beau compliment…

J'écoutais *Impédance* de Pierre Guyaux, *Les Routiers sont sympas* de Max Meynier, *Les Nocturnes* de Georges Lang. J'étais baigné dans la musique. Et aujourd'hui, j'écoute et je travaille pour Classic 21, dirigée de main de maître par Étienne Dombret. Mais, comme en photo, si je suis un passionné éclectique, je ne suis pas un spécialiste. J'ai une admiration sans bornes pour les gens qui ont un savoir encyclopédique sur l'histoire de la musique, comme Walter de Paduwa, notre Docteur Boogie de la RTBF. Un homme d'une modestie incroyable en dépit de sa renommée. Il a publié une encyclopédie du blues aux États-Unis… C'est toujours un plaisir de parler avec quelqu'un comme lui, un véritable puits de science.

Mon frère et moi étions dans une rivalité à propos de nos goûts musicaux. Un antagonisme tout ce qu'il y avait de plus classique à l'époque : il adorait les Beatles, j'étais fan des Rolling Stones. Sans doute pour le plaisir, déjà, de l'opposition. J'achetais chez un disquaire de Charleroi, La Maison bleue, toutes les rééditions des Stones chez Decca. Ce n'était pas les albums originaux, mais des albums-livres avec quatre ou cinq pages d'illustrations.

Notez, je ne crache pas sur McCartney et ses comparses, dont j'ai tous les albums en CD, mais c'est trop propret à mon goût, à l'inverse des Stones grâce auxquels j'ai aussi découvert la magie du blues. Ils ont un côté rebelle qui me correspond assez bien. Et ce n'est évidemment pas pour rien que mon membre préféré du groupe est Keith Richards, le plus *destroy*. Je les ai vus dix fois en concert. Mon rêve serait de les voir dans une petite salle comme le mythique Marquee Club à Londres. J'ai eu le privilège de les rencontrer : ils ont la simplicité des grands. Charlie Watts tenait le pot droit. Jagger est le patron. Ron Woods est fou et juste content d'être là, même s'il n'est pas génial comme musicien. Quant à Keith Richards, disons-le, il n'est clairement pas toujours sur la même planète. Quand je lui ai dit que je venais de Bruxelles, il m'a répondu : « *In Europe?* » Il était pourtant *clean*…

Les Stones sont fascinants pour leur organisation millimétrée, à l'anglo-saxonne. Dans les coulisses pend un immense tableau où sont répertoriés tous les postes. Chacun sait ce qu'il a à faire, c'est une machinerie incroyable. Ce sont deux femmes qui gèrent les concerts ; elles sont d'une rigueur impressionnante. On pourrait penser que tout ce qui tourne autour des Stones est un peu rock'n'roll, mais croyez-moi, ces gens sont tout sauf des clowns.

Et j'avoue secrètement que je rêve d'être comme eux à leur âge, plein de dynamisme et d'enthousiasme. Sans doute est-ce pour cela aussi que je les aime tant. Je me projette, en quelque sorte. Je n'imagine pas, quand je serai pensionné, traîner devant la télé toute la journée. Ces gars ont aussi un côté festif que j'adore et dans lequel je me reconnais.

LAURENT VOULZY

Parmi les belles rencontres de mes vingt-cinq ans de JT, celle avec Laurent Voulzy est l'une des plus cocasses. Laurent est quelqu'un de joyeux, différent de son comparse et ami Alain Souchon. La première fois que je l'ai interviewé, il y avait eu un couac en studio avec sa guitare. Cela ne l'avait pas perturbé. L'interview s'est déroulée en toute décontraction. Le JT terminé, nous sommes repassés boire un verre au petit bar près de la loge de maquillage. C'est alors que Voulzy m'a avoué que je ressemblais à son premier directeur artistique, un certain Bob Socquet. Hasard des choses : j'habitais rue Socquet à Bruxelles. Ce que je lui ai dit, assez amusé. Grave erreur, m'a fait remarquer son attachée de presse : Laurent Voulzy croit au paranormal, et il n'en revenait pas de cette coïncidence qui, pour lui, n'en était certainement pas une.

Des années plus tard, alors que je venais d'assister à l'un de ses concerts aux Francofolies de Spa, je suis retombé nez à nez avec lui dans le salon de l'hôtel SAS de la cité des eaux. Croyez-moi ou pas : il était avec un ami à qui il a raconté l'histoire de la rue Socquet, toujours aussi marqué par cet incroyable hasard. Cette anecdote est un vrai *running gag* : il y a quelques mois, je suis encore retombé sur lui dans les couloirs de la RTBF. Rebelote ! L'affaire Socquet est ressortie...

LA DÉCEPTION AZNAVOUR

Au fil de mes nombreuses rencontres, certaines m'ont marqué dans le mauvais sens du terme. C'est le cas de celle avec Charles Aznavour, immense monsieur de la chanson française.

C'est sans doute ma plus grande déception. Je l'avais reçu au moment où Jörg Haider, chef de file de l'extrême droite en Autriche, venait de remporter les élections. Louis Michel, alors ministre des Affaires étrangères, avait d'ailleurs exhorté les Belges à ne plus aller skier dans les Alpes autrichiennes. La première décision de Haider avait été de couper les subsides à la culture. Deux jours après, Charles Aznavour était donc mon invité, notamment en sa qualité d'ambassadeur de l'UNESCO. Au maquillage, en balisant l'entretien, je lui ai expliqué que nous allions parler du problème autrichien et du positionnement anticulture du leader néonazi. D'un ton très cassant, le chanteur m'a alors répondu qu'il ne faisait pas de politique et qu'il ne parlerait pas de l'Autriche. Aznavour est arménien, pays spolié, il a toujours chanté la liberté. Parler de Haider avait donc du sens. C'est ce que je lui ai signifié, en précisant que je poserais la question. Libre à lui de ne pas y répondre. La tension était palpable entre nous. *In fine,* il a répondu à ma question avec beaucoup de faux-fuyants, manquant totalement de courage. Quel était le problème pour lui de se positionner par rapport à l'extrême droite ? Je n'ai pas compris sa démarche. Et je ne suis pas allé le voir chanter...

DE NIRO, SCORSESE, MES REGRETS...

Dans une carrière de journaliste, il est des personnes que l'on rêve d'interviewer, mais qu'on ne rencontrera malheureusement jamais. J'aurais adoré faire l'interview de Robert De Niro et de Martin Scorsese. Je suis totalement fan de leur cinéma et respecte énormément la manière dont ils ont mené leur vie. Scorsese, par exemple, a gagné énormément d'argent qu'il a consacré, notamment, à la relance de la cinémathèque de Belgique. Il aide aussi indirectement de jeunes réalisateurs. Il a d'ailleurs un jour soutenu une jeune Belge qui avait besoin de références pour financer son court-métrage en lui écrivant un petit mot personnel. Ce sont des personnages passionnants. Je n'ai pourtant jamais cherché à les inviter : où serait ma légitimité, moi qui suis un passionné, mais pas un spécialiste du cinéma ? Je pourrais bien sûr les faire parler de Trump. Et ils me diraient que c'est un danger, ce que tout le monde sait. Cela n'apporterait pas grand-chose. Mais parler cinéma avec eux doit être merveilleux.

Au rayon féminin, Michelle Obama est sans doute celle que je voudrais accrocher à mon palmarès journalistique. En dépit d'un premier livre assez lisse, elle a une vision du pouvoir très lucide et analyse très bien cette logique d'enfermement quand on vit à la Maison blanche.

Côté intime

RENAUD, GAINSBOURG, BREL…

Évidemment, je ne me suis jamais contenté de me repasser les Stones en boucle. J'ai aussi adoré la période punk : les Clash, les Stranglers. J'avais 15 ans et je découvrais la liberté d'aller voir en concert des mecs qui me semblaient eux-mêmes complètement libres.

J'ai toujours adoré les concerts. Je n'y vais d'ailleurs pas assez souvent à mon goût. Pas facile évidemment quand on présente le journal, d'autant que je déteste arriver en retard. À Charleroi, dans les années 1970-1980, nous étions servis. J'ai ainsi découvert le groupe Téléphone, qui venait de sortir son premier album, dans une salle de Ransart. Cette soirée-là, on m'avait demandé d'être dans le service d'ordre, moi qui, comme le chante Renaud, suis épais comme un sandwich SNCF. Je les ai côtoyés en coulisses : ils sont tous très sympas. Et la bassiste Corine Marienneau était belle comme un cœur.

Renaud, parlons-en : à peine connu, il était venu chanter au Coup de fusil à Charleroi, repaire de toute la jeunesse carolo. J'ai toujours adoré ce personnage, même s'il s'est malheureusement noyé dans le pastis. J'adore aussi Gainsbourg, parce qu'il avait cette capacité d'évoluer, jusqu'à faire de la musique électro, du reggae, du rock. C'était un provocateur, mais c'était surtout un génie.

Brel me fascinait, notamment son *Amsterdam* en public, seule chanson, d'ailleurs, qui n'a jamais été enregistrée en studio. Je peux l'écouter vingt-cinq fois d'affilée. La reprise que David Bowie a faite de cette chanson est une autre pure merveille.

Et puis il y a Johnny, bien sûr. Ça peut sembler ringard, mais cet homme sur scène qui chantait le blues, c'était juste magique. Il faisait partie des véritables amoureux de la scène. Pas pour paraître, mais simplement parce que c'est leur vie, comme Bruce Springsteen. Ces chanteurs et musiciens dégagent une énergie hors norme et s'amusent sur scène. J'ai un jour vu Springsteen en concert : il a duré quatre heures. À la fin, les musiciens se regardaient en se demandant quand il arrêterait de chanter.

Être sur scène est pour eux une drogue. Certains, d'ailleurs, font une dépression chaque fois qu'ils ne sont pas en tournée, parce que leur vie est sur les planches. On me demande parfois s'il y a des similitudes entre cette addiction à la scène et celle que la télé pourrait susciter. Pas pour moi, en tout cas. On dit que la télé rend fou : je m'en suis prémuni très tôt en diversifiant mes centres d'intérêt.

Vous ne me verrez jamais en manque du plateau du JT. Parce que je bouge, je lis, j'écoute, je regarde, je flâne. Et je sors. Ce qui sidère d'ailleurs mes jeunes collègues qui se demandent comment je fais pour tenir le coup alors qu'eux sont fatigués sans sortir.

Il y a par contre une chose que je ne ferai jamais, ce qui est d'ailleurs un peu paradoxal : de la musique. J'ai deux gros défauts : je chante faux et je danse comme un pied. À tel point que quand je monte sur une piste, les gens, me dit une copine, pensent que je me trémousse sur une autre chanson que celle qui passe, c'est dire. Je n'ai aucun sens du rythme, c'est une vraie catastrophe.

LE SCOOP AU BLUFF…

Faire des interviews, c'est aussi, parfois, récolter des scoops. À l'époque où je présentais « Mise au point » le dimanche, l'affaire Belgacom m'a permis de sortir une exclu étonnante, dans des circonstances un peu rocambolesques.

L'entreprise de télécommunication, ancêtre de Proximus, était dans la tourmente. Le président du conseil d'administration était Benoît Remiche. Quelques jours avant notre émission politique hebdomadaire, l'attachée de presse d'Elio Di Rupo, alors ministre des Communications, m'a appelé pour me proposer son patron comme invité du dimanche. Bien gentil, mais pour parler de quoi ? Nous sommes allés manger avec le ministre socialiste qui, en fin gastronome, m'a fait découvrir les rougets au miel, je m'en souviens encore.

Au cours du repas, Elio Di Rupo m'a promis un scoop s'il était invité, tout en refusant de me dire quoi que ce soit. Sa confiance dans les journalistes était limitée et il craignait les fuites. Gênant, car je devais, en rentrant, justifier le choix de l'invité à mon rédacteur en chef, Michel Konen, excellent patron de rédaction, quoiqu'un peu gueulard parfois. Sentant que Di Rupo ne mentait pas, j'y suis alors allé au bluff, promettant à Konen le scoop du siècle en précisant que je ne pouvais rien dire.

Le dimanche, le ministre a multiplié les circonvolutions, ne lâchant rien de transcendant pendant de longues minutes. Autant dire que je sentais que j'allais me faire laminer par mon boss pour l'inutilité de cette interview. Mais à 12 h 27 précisément, Di Rupo a lâché la bombe : il a annoncé que le conseil d'administration de Belgacom allait être viré dans son intégralité, tout comme la direction. Bingo ! Pourquoi 12 h 27 ? Simplement parce que ce faisant, il nous laissait la possibilité de faire un sujet pour le 13 h, et il pouvait donner à 12 h 50 une interview à RTL pour son JT de mi-journée. Résultat, l'info a tourné partout en boucle tout le dimanche. Et le lundi, vu qu'un groupe canadien était intéressé par le rachat de Belgacom, l'info était dans le *Herald Tribune* et le *Washington Post*.

Fier comme Artaban, je n'ai eu qu'un mot pour Michel Konen : « T'as vu, je te l'avais dit ! » Le bluff avait marché. Il a toujours cru que je savais de quoi nous allions parler, et je me suis bien gardé de le détromper. J'ai bien fait de tenter le coup, car, en cas de refus, Di Rupo serait allé donner ce scoop à RTL.

Mais le plus piquant dans cette histoire, c'est que la veille de l'émission, Benoît Remiche, qui sentait que quelque chose se tramait, avait demandé à me voir pour me donner des infos sur ce dossier sensible. En vérité, il espérait surtout me sonder pour savoir si je savais ce qui allait se passer, ce qui n'était donc pas le cas. Et de toute façon, l'aurais-je su que je ne lui aurais rien dit. De mon côté, les infos qu'il m'a données m'ont permis d'alimenter mon interview du lendemain. J'étais gagnant sur toute la ligne.

LES AFFAIRES CAROLOS

Quand les choses vont bien à Charleroi, je le dis. Quand elles vont mal, je le dis aussi. Ça a été le cas avec les « affaires » au milieu des années 2000. En tant que Carolo, évidemment, et ayant travaillé comme journaliste régional, j'avais tissé des liens avec beaucoup de monde. C'est naturel et ça n'empêche pas de garder son objectivité. Alors quand les affaires sont arrivées, je suis tombé de haut. Parce que je connaissais bien certaines des personnalités incriminées et que j'avais le désagréable sentiment d'être cocu; j'étais frustré de ne pas avoir décelé ce qui n'allait pas dans leurs pratiques de la gestion publique. Je les avais tous déjà interviewés. On se doutait bien que certains se nourrissaient « su'l compte d'el taille » – c'est une expression wallonne pour dire que les mineurs se servaient des restes de charbon pour se chauffer à bon compte –, mais sans plus.

Et puis, je dois le dire, j'ai aussi été étonné de l'emballement de la machine judiciaire visant la tête de pont : Jean-Claude Van Cauwenberghe, qui a démissionné de son poste de ministre-président wallon alors qu'il n'était pas touché directement par les enquêtes. Il n'a jamais été inculpé ni condamné. Certains vous diront qu'il n'est jamais tombé parce qu'il était le plus malin.

Je me souviens d'une interview avec Van Cau où je lui ai demandé pourquoi l'homme puissant qu'il était à Charleroi avait laissé faire. Sa réponse a été extraordinaire. « Quand je suis devenu ministre-président, vous m'avez demandé en direct au JT si je serais ministre des Wallons ou des Carolos. Je vous ai répondu ministre des Wallons. Il y avait donc des choses que je ne savais pas à Charleroi. » Est-ce la vérité, ou sa vérité ? Je n'en sais rien, mais les faits sont là.

On pourra toujours se demander si la justice n'a pas été trop vite en besogne pour mettre certains prévenus en prison, uniquement pour les faire craquer. Je pense en tout cas qu'en dehors de Charleroi et du PS, ces affaires ont vraiment fait beaucoup de mal à la politique. Elles ont, en revanche, amené à un contrôle plus draconien de l'argent public. Certains hommes ont été éclaboussés mais jamais mouillés. Ceux-là savaient-ils ou pas ? N'ont-ils pas voulu savoir ? J'ai un jour dit à Van Cau qu'il mourrait avec certains de ses secrets. Comme la plupart des hommes et des femmes politiques, d'ailleurs. Le secret est lié à la fonction. Il ne les a sans doute pas consignés dans le journal qu'il a tenu depuis le début de l'affaire, en bon avocat qu'il était.

Nous ne saurons jamais qui savait quoi exactement. Ce que je sais, par contre, c'est que la RTBF a été à l'origine de certaines révélations et que nous avons fait notre boulot comme il devait être fait. Certains ont beau nous traiter de gauchistes et d'agents du pouvoir, ça ne nous a pas empêchés de shooter dans une fourmilière socialiste. Preuve que nous travaillons en toute indépendance et que les coups de gueule de politiques, voire les pressions, ne nous arrêteront jamais. À titre personnel et en tant que Carolo, je n'ai jamais fait quoi que ce soit pour mettre sous l'éteignoir médiatique ce qui se passait dans ma ville. Je dirais même que c'est peut-être le contraire. Quand on est journaliste et qu'on parle des problèmes de sa ville, on a plutôt tendance à mettre le pied sur l'accélérateur pour ne pas être suspecté de proximité avec le pouvoir. De toute façon, voudrait-on s'autocensurer par amour de sa ville que le reste de la rédaction remettrait très vite l'église au milieu du village en exigeant des comptes. Le journaliste ne doit pas avoir d'états d'âme. Un homme politique a dit un jour : « Ne sois jamais ami avec un journaliste, il te mangera la main comme un crocodile. » C'est vrai. Et c'est sain.

Chapitre 5

L’AFFAIRE DUTROUX

« SI ON ME LAISSE FAIRE… »

Faire des interviews, c’est aussi parfois se retrouver dans des situations délicates, voire malaisantes. Ça a été le cas avec l’affaire Dutroux. Au lendemain de l’enterrement de Julie et Mélissa, Michel Konen, rédacteur en chef, et Jean-Louis Stalport, administrateur général, m’ont demandé de présenter une grande émission intitulée « Enfants volés, enfants violés ». Autour de la table se trouvaient notamment Gino Russo et Marie-France Botte, et en duplex d’Arlon, Michel Bourlet, procureur du Roi en charge de l’affaire. C’est dans cette émission que Bourlet a lâché ses fameux mots : « Si on me laisse faire… » Des mots qu’il n’a jamais réellement expliqués et qui ont littéralement mis le feu au pays. Son intention n’était pas très claire, mais il laissait entendre que la justice était aux ordres, qu’un complot existait pour taire certaines choses. Tout cela à un moment où régnait déjà un climat complotiste pointant du doigt les plus hautes autorités de l’État comme étant complices de réseaux pédophiles. Bourlet s’est par la suite justifié en expliquant que, dans une histoire de titres volés, la justice avait été ralentie.

Reconnaissons que ce faisant, c’est l’opprobre qu’il jetait sur tout le paysage institutionnel. Cette phrase malheureuse m’a donné l’impression qu’il voulait continuer à entretenir la sombre idée que des choses se passaient en sous-main. Elle colle encore à l'émission et me colle à la peau, alors qu'elle n'est pas de moi. Même des années plus tard, Michel Bourlet n'a jamais voulu réellement s'expliquer, préférant me reprocher d'avoir fait ma carrière sur cette *punchline*. Sans doute aurais-je dû, pour lever les ambiguïtés, insister pour qu'il explique clairement ses propos. Cela m'aurait évité de me faire accuser, par certains magistrats, d'avoir jeté un pavé dans la mare.

Cette émission a été très compliquée à mener, au-delà de ce moment délicat. L'émotion était à son comble. À la fin de l'émission, j'ai mis ma main sur le bras de Gino Russo, parce que je sentais qu'il allait craquer, lui qui pourtant ne voulait pas montrer son abattement. L'attitude des parents Russo et Lejeune a parfois été critiquée. Personnellement, je trouve qu'ils ont au contraire fait preuve d'une grande dignité et de responsabilité. Le pays était tellement dans l'émotionnel et l'irrationnel à ce moment-là qu'il n'aurait fallu qu'une étincelle pour faire exploser la poudrière et que les gens descendent dans la rue de manière plus violente que lors de la Marche blanche.

En ce qui me concerne, je n'ai jamais voulu, dans cette dramatique histoire, prendre fait et cause ni jouer une fausse proximité avec les familles. D'autres l'ont fait sur d'autres chaînes. Gino Russo en est bien conscient et garde l'amer sentiment de s'être fait manipuler par des journalistes de la chaîne concurrente à la RTBF. J'ai beaucoup de respect pour lui et son épouse ainsi que pour les parents Lejeune, parce qu'il n'y a rien de pire que de perdre un enfant. On ne s'en remet jamais, surtout quand cela s'est passé dans des circonstances aussi horribles. Raison pour laquelle je n'ai jamais critiqué Jean-Denis Lejeune, qui s'est un peu dispersé, notamment en se lançant en politique. Chacun réagit selon ses propres envies dans un contexte aussi dramatique ; qui sommes-nous pour juger le comportement d'autrui ? Sans doute n'aurais-je pas agi comme lui, mais jamais je ne le condamnerai.

Il faut avouer aussi que l'atmosphère du moment était particulière, y compris pour les médias. Disons-le franchement : les journalistes ont parfois été abusés par les infos et les tuyaux qu'ils recevaient au sujet des fameux réseaux pédophiles. La manipulation était de mise. Les fantasmes aussi. Un policier m'a dit un jour que si les réseaux existaient à l'échelle que l'on imaginait, ils auraient été découverts. Mais un réseau, c'est parfois deux personnes. Subitement, toute personne riche et possédant une maison était forcément impliquée dans un réseau pédophile. Durant ces années-là, on a assisté à une sorte de flambée d'hystérie collective alors que dans l'affaire Julie et Mélissa, il s'agissait d'abord du mauvais enquêteur sur une affaire terrible.

Dans ce genre d'histoire judiciaire, la rumeur enfle rapidement. Avec toujours la même logique qui veut que les nantis soient protégés et cachent des choses. Prenez le dossier Pinon, au cœur de l'enquête sur les tueries du Brabant wallon, qui a d'ailleurs ressurgi dans l'affaire Dutroux. C'est le propre des légendes urbaines qui allient argent, sexe et pouvoir. Quand nous recevons, en tant que journalistes, des infos privilégiées, à nous de faire la part des choses, de déterminer si elles sont destinées à nuire ou si elles relèvent du pur délire.

Et il faut bien admettre que les réseaux que je qualifie d'« asociaux » permettent hélas de propager ces rumeurs à une vitesse infernale et de développer une certaine opacité par rapport à la vérité. À nous, plus que jamais, de prouver que nous sommes les défenseurs de cette vérité – que nous ne détenons pas par essence. Je suis souvent interpellé par des gens qui me posent des questions et me disent que je devrais pouvoir leur répondre parce que je suis journaliste. Comme si nous avions la science infuse et que nous connaissions tout sur tout, ou que nous cachions des choses. On n'empêchera jamais la rumeur d'être destructrice, *a fortiori* avec les possibilités d'amplification actuelles. Et pour l'arrêter, on a l'impression de devoir construire la muraille de Chine en deux minutes.

Dans le cas de l'affaire Dutroux, la rumeur était là. Et pourtant, le ratage policier vient du fait qu'on savait très bien que Dutroux était un pédophile et que personne n'a cru bon de se focaliser tout de suite sur lui. Point barre. La guerre entre police et gendarmerie n'a pas facilité les choses. Et, par la suite, les multiples avatars ont, eux aussi, permis d'alimenter la rumeur de complot. Comme son évasion rocambolesque du Palais de justice de Neufchâteau. Quand j'ai appris la nouvelle, c'est l'incrédulité qui a pris le dessus. Je me suis demandé, comme d'autres, quelle image la Belgique allait encore drainer à l'étranger. Je pense que Dutroux a tellement peu de respect pour les autres qu'il est toujours prêt à tout pour ridiculiser le système et montrer qu'il pourrait en être le maître. Je le dis de manière lapidaire : une interview de Dutroux, pour quoi faire ?

PLUS QU'UN FAIT DIVERS

La presse en a-t-elle fait trop avec l'affaire Dutroux ? Certains en sont convaincus. Moi pas. Il s'agissait de plus que d'un simple fait divers : cette histoire était révélatrice d'une série de dysfonctionnements en Belgique. C'est cela aussi qui a ému et choqué une partie de la population, en plus des rapts et des viols d'enfants. Un véritable révélateur de l'état si pas de nos institutions, au moins de notre police à l'époque. Une police qui donnait l'impression d'être un État dans l'État. Les citoyens voulaient des explications. Et ça s'est d'ailleurs traduit par les audiences incroyables de la commission Dutroux, dont certaines séances ont dépassé le million de téléspectateurs à minuit. Ça a été le cas lors de la confrontation avec le gendarme Lesage, ponctuée par la phrase devenue célèbre du président de la commission Marc Verwilghen : « Un de vous ne dit pas la vérité. »

D'aucuns, là encore, nous ont accusés d'alimenter le moulin à fantasmes. Mais c'était un travail nécessaire. Il s'agissait d'une sortie de psychothérapie collective. La demande de transparence était telle qu'on ne pouvait pas ne pas diffuser cette séance. Avec, en corollaire, un effet pervers : l'autostarification de plusieurs politiques qui jouaient avec les caméras. Peut-être le débat a-t-il été biaisé à cause de cette volonté de certains de briller. Mais cela relève d'une responsabilité politique et non journalistique.

Et puis n'oublions pas que malgré tout, cette transparence a permis de calmer le jeu, d'expliquer, d'être didactique. Diffuser cette séance était un bon travail de service public, à la dimension de catharsis. Ne pas le faire aurait été une erreur. Cela a au moins servi à montrer que les médias ne cachaient rien et ne faisaient pas partie du complot né dans l'esprit de certains.

Nous, journalistes, nous avons une responsabilité sociétale. Ça a été le cas pendant l'affaire Dutroux, mais aussi durant la crise du Covid. Nous nous devons de donner l'info la plus claire, la plus complète et la plus éclairante possible. Même s'il arrive également que nous devions retenir certains éléments. Attention, je ne parle pas ici d'autocensure, mais bien d'intérêt public. Ça m'est arrivé deux fois. Une première lorsque j'étais jeune journaliste pour « Ce soir ». Un très grave incendie s'était déclaré dans la région de Charleroi, peu avant Noël. Il faisait un froid de canard, à ce point que l'eau des pompiers gelait. Après avoir couvert le fait divers, comme tout journaliste normalement formé, j'ai bien sûr rappelé les pompiers le lendemain pour savoir s'il y avait des victimes. C'est le major Hensay qui m'a répondu. C'était une sorte de Robert Redford des belles heures. Il m'a précisé que deux pompiers avaient été blessés, mais il m'a demandé de ne pas en parler, pour protéger l'image de la caserne : il faisait tellement froid que les hommes du feu avaient pris un petit remontant et n'avaient pas senti qu'ils avaient les pieds gelés. L'un d'entre eux a dû être amputé. Cela n'aurait rien apporté que je raconte cette histoire à l'époque. La deuxième info que j'ai retenue concernait un dossier de terrorisme dans lequel les autorités judiciaires nous avaient demandé de ne rien diffuser, ou alors avec dix heures de décalage. L'enquête était en cours, des suspects étaient encore dans la nature et les enquêteurs ne voulaient pas que leur opération tombe à l'eau. Soyons clairs : personne n'a exigé ou imposé, c'était une demande, disons appuyée, nous laissant *in fine* seuls juges et responsables de ce que nous allions décider de diffuser.

DUTROUX CITY

Je dois avouer que je n'ai pas très bien vécu cette période. D'abord parce que l'affaire Dutroux entachait ma région, ma ville. Et quand je lisais ce que publiait, par exemple, *Le Nouvel Observateur*, un journal français que j'apprécie, j'avais l'impression que Charleroi était devenue Dutroux City. Pourtant, soyons lucides : une histoire aussi horrible peut se passer n'importe où. D'autres affaires de pédophilie ont eu lieu dans le monde, avec des dysfonctionnements aussi énormes que chez nous.

Je ne m'explique pas trop, d'ailleurs, pourquoi Charleroi a été stigmatisée pendant des années plus que toute autre ville. C'est exactement comme si on ramenait Paris à Landru. Je me souviens d'un ambassadeur des États-Unis venu de Détroit, ville où la criminalité était en hausse. En visite chez nous, il avait à peine mis un pied sur le sol belge qu'il avait demandé de pouvoir se rendre à Charleroi, expliquant que sa ville, en décrépitude industrielle et stigmatisée à outrance, avait vécu la même injustice de voir son image déformée. Il en est revenu en clamant qu'une fois de plus, il fallait arrêter les fantasmes, les délires et simplement se battre pour la vérité.

En revanche, je ne comprends pas non plus pourquoi les Carolos croient encore aujourd'hui qu'on continue à montrer leur ville du doigt à cause de cette affaire. J'ai le sentiment que ce n'est plus le cas. Et contrairement à ce que racontent certaines mauvaises langues, la RTBF ne fait pas de Charleroi une sorte de bouc émissaire en ne se focalisant que sur le chômage, la misère ou la criminalité, bien au contraire. Certains estiment même aujourd'hui, avec un brin de fiel, que depuis que je présente le JT, on parle de plus en plus de Charleroi en bien. Simplement, je parle des villes telles qu'elles sont. Quand j'évoque Liège et son tram, je ne peux pas dire que tout va bien dans la Cité ardente...

Chapitre 6

BYE BYE BELGIUM

« BONSOIR À TOUS, L'HEURE EST GRAVE »

S'il y a un épisode que je ne regrette absolument pas en dépit des complications qui l'ont accompagné à l'époque et de la situation délicate dans laquelle je me suis retrouvé avec toute une série de personnes, c'est celui de « Bye bye Belgium ».

C'était le 13 décembre 2006. Une date qui restera probablement gravée à jamais dans l'histoire de la télévision belge, et peut-être même au niveau international, tant cette émission a marqué les esprits par son audace.

Mais comment en est-on arrivé à mettre à l'antenne, en direct, un programme qui annonçait à tout un pays médusé que la Flandre déclarait son indépendance, faisant ainsi exploser *de facto* la Belgique unitaire ?

Tout est parti en fait d'une idée de l'équipe de « Strip-tease » et de Philippe Dutilleul, son artisan et scénariste. André François, Jean Libon, Marco Lamensch et Philippe ne travaillaient pas du tout dans la même logique journalistique que moi. Il y avait en outre une grande différence d'âge entre nous. Je les aimais bien, et ils le savaient. Je ne me privais pas néanmoins de rentrer parfois dans leur bureau pour émettre certaines critiques à l'égard de leurs émissions. Et comme ils avaient la repartie du genre kalachnikov, cela donnait parfois lieu à des échanges épiques. Je partageais en outre avec Dutilleul un passé de journaliste en région. Il était à Mons lorsque je travaillais à Charleroi. Et déjà à l'époque, j'appréciais son ton vitriolesque. Bref, entre nous, ça fonctionnait.

Un jour, l'un d'entre eux m'a accosté dans un couloir en demandant à me rencontrer en privé. J'avais l'impression qu'il prenait rendez-vous avec le pape tant la manière de m'aborder semblait nimbée de mystère, voire de secret. Pendant un moment, je me suis demandé, un peu inquiet, si leur intention n'était pas de réaliser un numéro de « Strip-tease » sur moi, ce qui n'aurait eu aucun intérêt.

Le lendemain, pour notre rendez-vous, je me suis rendu dans leur bureau, au même étage que celui du JT. Ils étaient là tous les quatre, à m'attendre. J'avais l'impression que j'allais être entendu par le tribunal du peuple. Porte fermée à double tour, c'est tout juste s'ils n'ont pas baissé les stores. C'était deux ans avant « Bye bye Belgium ».

Ils ont alors commencé à tourner autour du pot, ce qui n'était pas leur genre, m'expliquant qu'ils voulaient que je participe à une émission en rapport avec la politique et l'environnement (ce en quoi, bien sûr, ils mentaient). Je sentais bien qu'ils ne voulaient pas dévoiler leur projet. Une véritable salade. Je ne voyais absolument pas où ils voulaient en venir. Enfin, ils se sont décidés à me parler de leurs véritables intentions : faire une émission sur la fin de la Belgique. Leur but était de réaliser cela dans le cadre du JT de 19 h 30. Ça, je l'ai refusé d'emblée. Présenter une fiction, oui, mais pas en y mêlant le journal que je présentais au quotidien et qui aurait été totalement décrédibilisé. J'étais prêt à défendre le projet, quitte à ce que ce fût dans le décor du JT, mais dans une autre tranche horaire. J'étais même prêt à m'arranger avec le rédacteur en chef de l'époque, Benoît Moulin.

Finalement, malgré quelques nouvelles tentatives de me faire plier, c'est moi qui ai obtenu gain de cause : j'ai accepté de présenter leur émission dont je connaissais enfin les grandes lignes, mais à mes conditions, donc pas à 19 h 30. Ils étaient ravis, mais je sentais qu'ils avaient une peur bleue que ça s'ébruite. Pendant deux ans, je suis régulièrement passé prendre des nouvelles de l'état d'avancement du projet. Qui progressait en secret, un coup préparé comme le débarquement de Normandie. Une véritable opération militaire verrouillée de toutes parts. Ça m'amusait assez.

Nous avons pas mal travaillé les dernières semaines avant la diffusion. Quelques jours avant la soirée fatidique, nous avons tenu une réunion de crise, une *task force* lors de laquelle nous devions finaliser les textes. Car tout devait être écrit. Sauf une phrase que j'ai sortie spontanément à la prise d'antenne et qui me serait reprochée par la suite par mes détracteurs : « Bonsoir à tous, l'heure est grave. » Un peu le pendant de la célèbre « La France a peur » prononcée au JT de TF1 trente ans plus tôt par Roger Gicquel, lorsque Patrick Henry avait avoué le meurtre du petit Philippe Bertrand.

Le service juridique de la RTBF était présent à cette réunion et toute la hiérarchie était au courant de ce qui se tramait. L'administrateur général, Jean-Paul Philippot, aussi, bien sûr. Autour de la table, comme chaque fois qu'un danger approche, il y avait ceux qui fonçaient tête baissée et sans casque, dont moi et les principaux responsables de l'émission. Et puis ceux qui commençaient un peu à flageoler des gambettes, notamment au niveau de certaines autorités hiérarchiques.

Ce fameux mercredi 13 décembre, je me doutais bien que cette émission n'irait pas sans causer quelques problèmes, mais j'étais loin d'imaginer le véritable séisme qui allait suivre.

L'après-midi s'est montrée assez tendue. À la rédaction, le projet avait évidemment été ébruité. D'aucuns étaient clairement contre, arguant du fait que ce projet n'était pas du journalisme. Ce sont les mêmes qui me flingueraient par la suite, d'ailleurs. Je ne donnerai pas de noms, mais ils se reconnaîtront.

J'ai pris l'antenne en direct à 20 h 14, juste après avoir présenté le JT comme si de rien n'était. Jean-Claude Defossé a interrompu l'émission « Questions à la une » et on a basculé sur moi. C'était parti. « Bonsoir à tous, l'heure est grave »...

« CECI N'EST PEUT-ÊTRE PAS UNE FICTION »

Après douze minutes de direct, ma secrétaire de l'époque est intervenue dans l'oreillette. C'était une personne très réservée et très intelligente et je savais pertinemment qu'elle n'intervenait jamais dans un processus sans raison sérieuse. Elle n'était pas du genre à s'affoler pour un oui ou pour un non. Elle m'a indiqué qu'elle devait m'apporter des dépêches, ce qui était un peu bizarre puisque nous n'étions pas dans le JT.

Durant un reportage, j'ai pris connaissance de ce qu'elle m'avait apporté : « Les ambassadeurs de l'OTAN s'indignent de l'émission », « Le ministre X trouve ça scandaleux », « Réunion de crise au niveau européen »...

J'étais en studio avec Alain Gerlache. À voir ma tête, il savait qu'il y avait comme un léger problème. Je me souviendrai toujours de ce que je lui ai dit à ce moment-là : « Je crois que les emmerdes commencent. »

À ce moment de l'émission, aucun bandeau pour prévenir les téléspectateurs n'avait encore été montré à l'antenne. Il a fallu plusieurs minutes avant de voir apparaître le fameux « Ceci n'est peut-être pas une fiction » dans le bas de l'écran.

À ce propos, j'ai reçu par la suite une jolie lettre d'une dame âgée qui m'expliquait que nous étions bien gentils, mais qu'elle ne savait pas ce que voulait dire le mot « fiction ». Ça m'a fait beaucoup réfléchir. Et cela montre que nous, journalistes, sommes parfois trop enfermés dans la bulle médiacratique et que nous devons faire attention aux mots que nous utilisons.

La diffusion de cet avertissement a été décidée en catastrophe suite aux réactions et aux coups de téléphone qui ont littéralement fait exploser le standard. Certains trouvaient cela génial, d'autres étaient scandalisés. Selon une légende urbaine, certains téléspectateurs étaient morts devant leur poste de télévision en regardant l'émission. C'est un mythe, bien sûr. Ce qui a fait dire par la suite au responsable du service juridique, Simon-Pierre Decoster, que chaque mercredi, de toute façon, il y a bien quelqu'un qui meurt devant sa télé. Un cynisme qui traduisait quand même une certaine réalité.

Dans mon oreillette, j'entendais qu'en régie, c'était la rumba. Je devais continuer à lancer les séquences et à rester dans le contrôle malgré la tempête à l'extérieur dont j'étais désormais informé. C'était un véritable exercice de funambule, car je ne devais pas trop insister sur le fait que c'était une fiction, ce qui aurait désamorcé tout le bazar, mais je devais malgré tout le dire. Ça partait dans tous les sens, les dépêches continuaient à affluer. Et finalement, tant bien que mal, nous sommes arrivés au bout de l'émission.

Ce jour-là, je n'avais pas mon téléphone portable en studio. Quand je suis sorti et que je l'ai rallumé, j'avais l'impression qu'il s'était transformé en Marsupilami : il sautait dans tous les sens tant j'avais des messages. Des amis m'engueulaient, des gens que je n'avais plus vus depuis des lustres me félicitaient. Une explosion nucléaire.

Vers 23 h, l'adrénaline n'était évidemment toujours pas retombée. Nous avons alors tenu une réunion de crise dans le bureau de l'administrateur général, avec Alain Gerlache, Yves Thiran et d'autres. Voulant détendre l'atmosphère, j'ai alors proposé de boire un coup : on nous a apporté six bouteilles d'eau plate. L'ambiance n'était pas vraiment à la fête. Pendant cette réunion, j'ai reçu un coup de fil de mon avocat et ami, Marc Uyttendaele, qui me prévenait qu'il allait écrire un édito à charge contre moi et contre l'émission, estimant que nous étions allés trop loin. Je lui ai simplement répondu qu'il faisait ce qu'il voulait, et que cela n'enlèverait rien à notre amitié. Il est toujours mon avocat, et mon ami. Mais il me ressert l'épisode une fois par an. Un jour, s'emportant à ce sujet, il m'a dit : « Toi, avec ton 11 septembre ! » Je lui ai rétorqué en souriant qu'on pouvait m'accuser de beaucoup de choses, mais pas du 11 septembre, qu'il avait confondu avec le 13 décembre, mais qui pour certains était effectivement comme un 11 septembre.

Notre réunion s'est terminée vers 1 h du matin. Chacun a alors regagné ses pénates. Je l'avoue : je n'ai pas dormi pendant trois jours, on allait de réunion de crise en réunion de crise. Et ce n'est que le vendredi soir que le soufflé a doucement commencé à retomber. On y reviendra.

C'était ma semaine de présentation. Et malgré la fatigue, j'ai présenté les JT les jours suivants. Parce que, comme me l'a fait comprendre Jean-Paul Philippot, si je n'avais pas été au poste le lendemain de « Bye bye Belgium », ça aurait été un aveu de faiblesse, comme si je mettais un genou à terre. Et dans une telle tempête, il n'y aurait eu rien de pire que de montrer que nous étions déstabilisés. J'ai donc assumé, dans la position presque ubuesque de celui qui devait parler des conséquences d'une émission dans laquelle il avait tenu une position centrale.

Le gouvernement de la Fédération Wallonie-Bruxelles, présidée à l'époque par Marie Arena, a tenu une réunion à laquelle même les chefs de cabinet ne pouvaient participer. Sauf un : Gaëtan Servais, qui m'envoyait des messages toutes les dix minutes pour me tenir au courant. Le thermomètre montait et descendait. Ça se calmait, puis ça se retendait. Certains ministres voulaient notre tête, d'autres nous défendaient. C'était très compliqué.

La Chambre des représentants s'est même emparée de l'affaire. Une collègue dont je tairai le nom, qui faisait un reportage au Parlement sur les suites de l'émission, a alors passé sa journée à faire du lobby auprès des politiques en insistant sur la nécessité de me faire sauter, ainsi que l'administrateur général. Sans doute espérait-elle prendre nos places. Je croise cette collègue quotidiennement aujourd'hui encore en la saluant d'un grand sourire.

Elle n'était d'ailleurs pas la seule, à la rédaction, à vouloir ma peau. Un autre collègue est allé jusqu'à tonner : « De Brigode ne sera jamais plus crédible ! » Ceux qui m'avaient dans le viseur profitaient évidemment de cette affaire pour régler certains comptes... C'est la vie.

Je constate aujourd'hui que tous ceux qui ont voulu flinguer l'émission en interne pour des raisons personnelles et non pas pour des raisons déontologiques ont raté la dernière marche et n'ont pas réalisé leurs ambitions. Ça me fait doucement rire.

J'ai reçu énormément de soutien de mes collègues, même si certains trouvaient l'émission très osée. Comme Jean-Jacques Jespers, ancien journaliste de la RTBF et grand spécialiste de la déontologie, qui reste encore mal à l'aise avec le format.

« QU'ON LUI COUPE LA TÊTE ! »

Le vendredi après-midi, deux jours après l'émission, un conseil d'administration extraordinaire a été convoqué. Ma présence était exigée. Tout comme celles de Philippe Dutilleul et d'Yves Thiran, le directeur de l'info à l'époque. Un fait rarissime : jamais le CA n'appelle les journalistes en cas de problème avec un sujet ou une émission.

Je me suis donc présenté avec des cernes jusque sous les genoux. J'étais épuisé nerveusement après trois jours compliqués. Avec, dans la foulée, un JT à présenter. Ce qui s'est passé dans cette salle est assez surréaliste. En entrant, j'ai d'abord vu les deux commissaires du gouvernement, assez tendus, dont Jean Leblon, d'Écolo, qui m'a fait un petit signe de la main m'invitant à ne pas en rajouter une couche. Ils me connaissaient. Je n'étais évidemment pas à mon aise. Je savais par exemple qu'Elio Di Rupo était en mode : « Qu'on lui coupe la tête ! » Je saurais par la suite que les administrateurs socialistes avaient menacé de démissionner si le président du PS s'entêtait à vouloir faire tomber la guillotine. C'était très courageux. Notamment de la part de Frédéric Delcor, aujourd'hui secrétaire général de la Fédération Wallonie-Bruxelles. Elio Di Rupo avait alors bien senti que la réaction de ses cadres laissait augurer une lame de fond positive dans la population à l'égard de l'émission. Joëlle Milquet, présidente du cdH, elle aussi réclamait qu'on nous dégomme. Mais son administrateur, Jean-François Rasquin, patron de l'IHECS, ne voulait pas. Au MR, Didier Reynders réclamait également notre tête sur un plateau. Sa représentante au conseil d'administration, Clarisse Albert, qui nous en voulait aussi, mais pour d'autres raisons, m'a alors posé cette question extraordinaire, droit dans les yeux, qui allait mettre les rieurs de mon côté et continuera d'ailleurs à me faire rire moi-même jusqu'à la fin de mes jours : « Et si c'était à refaire, vous feriez quoi ? » Sans me démonter, je lui ai répondu, sourire en coin : « Je le referais, mais je vais quand même attendre un petit peu. » Éclat de rire général avant un vote qui nous serait favorable.

Évidemment, en sortant de la salle, je ne savais pas à quelle sauce j'allais être mangé. Je me suis éclipsé pour aller préparer le JT... dans lequel j'allais parler de l'affaire, alors même que le CA était en train de statuer sur mon sort et celui de toute l'équipe de « Bye bye Belgium ».

Finalement, le CA a sorti un communiqué précisant que nous n'avions commis aucune faute mais recommandant de mieux encadrer ce genre d'émission à l'avenir. J'étais au bout du rouleau. Au sortir du JT, Jean-Paul Philippot m'a invité à monter boire un verre dans son bureau. Pour la première fois de ma vie, j'ai dit non. Et pour la première fois aussi, j'ai pleuré à la RTBF. De fatigue. Il m'a ensuite rappelé en disant comprendre mon épuisement, mais en me précisant, en bon ingénieur commercial, que je devais assurer le service après-vente. Et ajoutant, en bon marin qu'il est également : « Quoi qu'il arrive, garde le cap. » Un conseil que je n'ai jamais oublié.

UNE RÉALITÉ INSTITUTIONNELLE

Avec le recul, on peut se demander pourquoi le monde politique francophone a réagi avec tant de véhémence, alors que, globalement, la population avait apprécié l'émission. Sans doute parce qu'il s'est senti floué. Et parce que nous étions déjà dans une réalité institutionnelle. La Flandre mettait la pression sur les francophones et voulait négocier une réforme de l'État. Et au Sud du pays, on niait cette réalité en se cachant derrière le fait que la priorité du moment était socio-économique. C'est précisément pour cela que j'ai donné mon accord pour faire « Bye bye Belgium ». Les francophones se voilaient la face. C'est pour cela qu'ils m'en ont tous voulu : j'incarnais l'émission qui avait mis ce jeu de dupes en lumière.

Cela dit, je n'ai aucune rancune vis-à-vis de ceux et celles qui ont voulu me couper le cou. Même si j'ai vécu, avec toute l'équipe, des moments compliqués, y compris par la suite, lorsque nous avons été convoqués au CSA. Sa présidente, Evelyne Lentzen, avait visiblement envie de régler certains comptes. Avec notre avocat, Jacques Englebert, nous nous sommes défendus, mais ça ne nous a pas empêchés d'être condamnés plusieurs mois après pour « atteinte à la dignité humaine ». Une condamnation qui nous a fait mal, mais que je n'ai jamais cherché à comprendre. J'ai toujours fait mienne l'expression « Tout ce qui est excessif est insignifiant ».

« FRANÇOIS, SOURIS ! »

Aujourd'hui, je continue à assurer ce fameux service après-vente, mais je peux comprendre que certains estiment que nous avons franchi la ligne blanche de la déontologie journalistique : les journalistes doivent dire la vérité. Mais nous avons parlé d'une situation politique tout à fait réaliste. La volonté séparatiste qui existe chez certains Flamands pourrait conduire à de grandes tensions en Belgique.

Je reste donc convaincu que nous avons parlé de quelque chose qui existe dans l'esprit d'une série de personnes. La fin de l'État belge, je ne l'ai pas sucée de mon pouce en me réveillant un matin. Nous avons évoqué de manière fictionnelle ce qui se passe parfois en coulisses. On nous a accusés de rompre le cordon sanitaire en montrant des gens d'extrême droite qui côtoyaient certains politiques. Mais c'est ce qui se passe en Flandre au quotidien ! Ça non plus, nous ne l'avons pas inventé. Tout cela est de l'ordre du possible. Et je reste fier de ce que nous avons fait. Fier d'avoir participé, avec tous ceux qui ont fait cette émission, à un projet dans une RTBF qui ose.

Même nos confrères français nous ont tiré leur chapeau. Christine Ockrent et Michel Drucker m'ont un jour dit qu'ils étaient jaloux de ce que nous avions fait et qui n'aurait pas pu se faire dans les médias français, plus amidonnés. Les Anglais de la BBC auraient pu peut-être tenter une émission pareille grâce à leur côté décalé, en dépit d'un respect strict de l'info.

Ce fameux jeudi, lendemain de « Bye bye Belgium », nous avons tenu une conférence de presse au onzième étage de Reyers pour expliquer les tenants et les aboutissants de l'émission. J'étais avec Yves Bigot, fraîchement nommé directeur de la télé, Jean-Paul Philippot et Alain Gerlache. Et nous nous sommes retrouvés face à un véritable mur de caméras. Pour la première fois de ma vie, je me suis dit que j'étais dans la position de l'accusé, celle que parfois je montre à l'antenne. Il y avait à cette conférence des journalistes du monde entier, même des Russes. Un photographe du *Soir*, Alain Dewez, m'a alors donné un conseil judicieux : « François, souris, sinon tu as déjà une tête de condamné. » J'avais évidemment envie de tout, sauf de sourire. J'avais une barbe de deux jours, un costume qui ne ressemblait plus à rien. Les journalistes présents étaient positivement étonnés, peu se montraient hostiles. Et je me rappellerai toujours la première question d'un jeune journaliste d'Europe 1 : « Comment avez-vous pu garder le secret pendant deux ans ? » Ma réponse a été claire : simplement parce que dans la vie sociale, on ne parle jamais que de son boulot principal. Pour moi, pendant tout ce temps, « Bye bye Belgium » a été un boulot accessoire. Même chez moi, je n'en parlais pas. Une réponse qui a étonné le journaliste hexagonal : sur la place de Paris, un tel projet aurait été éventé dans le quart d'heure...

Cela dit, en dehors de la petite corporation des journalistes, certaines attitudes ont été assez marrantes, pour ne pas dire révélatrices. Celles de Philippe Geluck et François Pirette, notamment, estampillés comiques nationaux, qui ont défendu l'émission dans un premier temps avant de la descendre le lendemain... parce qu'ils se sont rendu compte qu'on avait fait plus fort qu'eux ! Geluck ne le reconnaîtra jamais, mais je suis convaincu que dans son imaginaire, il aurait rêvé de faire un truc dans le même genre, une sorte d'Orwell *bis*. Ça m'a fait sourire.

DES TRACES PRESQUE INDÉLÉBILES

Dire que « Bye bye Belgium » a laissé des traces serait un euphémisme. Aujourd'hui, les stigmates dans la rédaction ont disparu parce qu'une nouvelle génération est arrivée. Mais pendant des années, certains nous ont continuellement reproché d'avoir trahi la vérité. Et je garderai toujours dans un coin de ma tête, qui n'est donc pas tombée, une pensée émue pour ceux qui ont tenté de distribuer des coups de poignard, non pas, comme je l'ai dit, pour des raisons déontologiques, mais pour des raisons personnelles. Se souviendra-t-on longtemps de ce moment de télévision ? Sans doute. Michel Lecomte, en se moquant gentiment de moi, dit toujours que sur ma pierre tombale figurera cette épitaphe : « Il a eu beaucoup de fous rires et il a présenté "Bye bye Belgium". » Je ne sais pas s'il a raison, mais cela m'amuse de le croire.

Moi aussi, d'ailleurs, je m'en souviendrai longtemps, de cette émission : au-delà des déceptions et des bonnes surprises, les jours qui ont suivi n'ont pas été les plus simples. J'ai par exemple été sous surveillance policière pendant quelque temps. J'ai reçu chez moi un courrier du style « à mort les connards ». Mes proches, eux, m'ont très bien soutenu, à commencer par Marie, à qui j'avais dit ce soir-là que je rentrerais un peu tard. Je n'avais pas tort : je suis rentré le lendemain matin. Mon père, lui, a eu le bon réflexe : dès les premières minutes, il a été voir ce que faisait RTL ; il est tombé sur la série *Les Experts*, qu'il a regardée plutôt que mon émission.

Il fallait aussi encaisser la une des journaux. En passant devant ma petite librairie, j'ai vu ma tête avec le drapeau belge cassé et ce titre : « L'homme qui a fait peur à la Belgique ». Aujourd'hui, j'en ris. Ce jour-là, un peu moins. Je pensais à ma famille, à mes proches qui devaient aussi subir cela et qui s'inquiétaient pour la suite de ma carrière. Tout comme moi pendant quelques heures, me disant que j'étais un peu jeune pour finir dans un placard. Ce que ne voulaient visiblement pas les quelque 200 000 personnes qui ont signé une pétition en quelques heures pour qu'on ne sanctionne pas les responsables. Et qui a sans doute fait reculer le politique devant la guillotine...

Politiquement, on est très vite passé à autre chose. Après un petit voyage au Maroc, histoire de souffler, j'ai continué à recevoir les personnages politiques, à commencer par ceux qui avaient voulu me couper la tête. Après l'émission, Didier Reynders avait juré qu'il ne donnerait plus une seule interview à la RTBF. Ça n'a duré que quelques jours. Mieux, certains ont avoué dans la semaine que, finalement, nous avions un peu raison.

Cela dit, même si elle a provoqué un choc, l'émission n'a jamais conditionné ma manière de travailler, de poser les questions, d'aborder la politique. Ça n'aurait d'ailleurs pas été professionnel. Et puis elle m'a permis de grandir et d'apprendre à gérer le stress et les coups durs.

Une autre chose est sûre, et il faut avoir la modestie de le reconnaître : l'émission, si elle a été historique par sa forme et par son fond, n'a pas conditionné non plus la vie institutionnelle du pays, ni en Flandre ni en Wallonie. Par contre, je serais prêt, aujourd'hui, à refaire un coup de ce genre. À la différence près que le contexte a complètement changé. Techniquement, il serait impossible de garder tension et doute pendant presque toute une soirée : les réseaux sociaux, les smartphones ruineraient l'effet de surprise. Impossible de dire qu'une révolution est en route devant le Palais royal sans que l'info soit démentie, images à l'appui, dans la minute.

Mais j'aimerais présenter une émission en annonçant un brusque réchauffement climatique pendant la nuit et que la mer du Nord est en train de déborder. Simplement pour attirer l'attention des téléspectateurs sur ce qui est train de se jouer au niveau du climat.

C'est cela qu'on a voulu faire avec « Bye bye Belgium » : entreprendre une démarche, peut-être pas très pédagogique, mais en tout cas éclairante en disant : « Ne niez pas, c'est en train de se passer tel que nous vous l'expliquons. » La volonté n'était pas de jouer les sales gamins, même si dans la bande, certains l'étaient. Le but était de lever le couvercle de la marmite. Non pas pour qu'elle n'explose pas, mais bien pour montrer la soupe qu'on était en train de nous préparer. Et c'est cela que le monde politique n'a pas aimé.

Lors du départ à la retraite de mon ami et collègue Benoît Balon-Perin, j'ai organisé une fausse émission en circuit fermé à laquelle j'ai demandé à Louis Michel de participer. Jamais avare d'une réflexion bien sentie, il m'a répondu : « Vous n'allez pas foutre la merde une deuxième fois... »

Aujourd'hui encore, on me pose souvent la question de savoir si j'aurais fait cette émission en sachant quel séisme cela allait déclencher, pour moi, pour l'équipe et pour le pays. La réponse est clairement oui.

Cette émission était un ovni, mais elle a aussi une valeur éclairante. Pour la nouvelle génération, ce serait prétentieux de dire qu'elle doit être un exemple. En revanche, elle peut véritablement être une base de discussion sur ce qu'on peut faire par rapport à la vérité. Faire une œuvre de fiction qui se rapproche de la réalité fait avancer les choses.

On nous a accusés d'avoir lancé la vague des *fake news*. Rien n'est plus faux. Le *Herald Tribune* a qualifié le projet de « *hoax* », de canular. C'est exactement cela. Le canular se sert toujours d'une base de vérité, mais ça reste une blague. La *fake news* se sert également d'éléments issus de la vérité... mais veut surtout construire sur cette base une vérité alternative. Ce n'est pas ce que nous avons fait. Comment prendre pour argent comptant le fait que le Roi quittait le pays en catastrophe ? Roi qui, soit dit en passant et contrairement à ce qui a été déclaré par certains, n'a pas du tout mal pris l'émission. Dix jours après celle-ci, lors de son discours de fin d'année, Albert II a terminé en disant : « Ceci n'est pas une fiction. » Chapeau. J'ai eu l'occasion d'en discuter avec lui. « Ne le refaites plus », m'a-t-il dit, sourire en coin.

Albert II est quelqu'un d'assez débonnaire, contrairement à certains aristocrates. Je me suis laissé dire que le soir de « Bye bye Belgium », quelques barons tenaient salon. L'un d'entre eux se serait alors exclamé : « C'est la fin de la Belgique ! » D'autres, sans voir l'émission, avaient compris qu'il s'agissait d'un canular. C'est alors qu'une sommité du monde économique s'est levée en disant : « Le Palais m'attend, je vais jouer un rôle. » Il est parti pour se rendre devant les grilles du palais, qui ne se sont jamais ouvertes. Il avait cru dur comme fer au propos de l'émission et se retrouvait doublement ridicule. Ses amis se moquent encore de lui aujourd'hui. Ensuite, chaque fois que ce monsieur me croisait, il me fusillait du regard. Une seule arme dans ce cas-là : afficher mon sourire le plus décontracté.

LE CONFÉDÉRALISME, POURQUOI PAS ?

« Bye bye Belgium » a au moins eu un mérite : faire prendre conscience à beaucoup que nous étions en route, si pas vers le confédéralisme, au moins vers plus d'autonomie des régions. Mais finalement, est-ce si grave ? Car nous devons reconnaître que nous vivons aujourd'hui avec deux cultures différentes. Et c'est heureux : quand je me rends en Flandre, je découvre que les musées sont faits différemment, par exemple. La Belgique devrait-elle rester unitaire ? Mais en vertu de quoi ? Rendons-nous visite et découvrons nos cultures différentes. Bien sûr, ce mouvement doit grandir dans la sérénité et pas dans le jet de cailloux de part et d'autre de la frontière linguistique.

ÇA RESTERA !

Pour clore ce long chapitre consacré à « Bye bye Belgium », je dirais simplement que je suis heureux d'avoir participé à ce projet. Sans en retirer une quelconque gloriole. Bien sûr, cela me fait plaisir de savoir que mon nom restera associé à cette émission historique et de savoir que mes petits-enfants, Ulfie et Orso, pourront dire un jour : « Mon grand-père était dingue. » J'ai un grand respect pour la folie douce.

Dans nos équipes, nous sommes tous un peu fous, chacun à son niveau, ce qui nous permet de rire tous les jours, mais sans jamais se prendre au sérieux. C'est important. Je n'ai gardé que quelques unes de journaux de l'époque. Et je n'en affiche qu'une seule : celle du *Herald Tribune* qu'un ami lisait dans l'avion qui l'emmenait aux États-Unis le lendemain de l'émission. Certains de mes amis et amies qui se trouvaient d'ailleurs à l'autre bout du monde à ce moment ont entendu parler du scandale. Même dans un trou perdu d'Afghanistan, à une époque où on ne mettait pas encore les femmes en prison...

Nous en parlons entre nous, parfois, avec ceux qui ont participé à l'aventure. Le 13 décembre, nous nous envoyons un message, mais sans nostalgie, sans se dire que c'était le bon temps. On l'a fait, point barre. Et on fera d'autres choses. Dans dix ans, peut-être que quelqu'un à la RTBF sortira une nouvelle idée de génie. En attendant, je me dis quand même que « Bye Bye Belgium » a été un moment magique. Et le restera.

Chapitre 7

DES MOMENTS FORTS

FASCINANTE AMÉRIQUE

Des moments télé incroyables, j'en ai connu quelques-uns, comme les attentats du 11 septembre 2001 aux États-Unis. La première image qui me vient à l'esprit est celle qui a suivi l'effondrement des tours. Ce jour-là, je présentais une émission spéciale avec Jean-Jacques Jespers. Je vois encore cette image de New York recouverte d'une couche de poussière blanche. Le béton, le ciment, la crasse des murs.

Quand j'ai reçu les images, je me suis dit qu'il y avait certainement un problème de son : on n'entendait rien. Il y avait pourtant du son : celui du silence. Ce même « *sound of silence* » que chanterait Paul Simon en 2011 sur le site de « Ground Zero » pour commémorer les dix ans des attentats. Une ville morte, avec à peine un crépitement semblable à des pas dans la neige vierge capté par un cameraman déambulant dans ce décor postapocalyptique. Prémonition ou pas, nous avons fait toute l'émission autour du personnage d'Oussama Ben Laden, alors que son nom était à peine sorti avec ceux des potentiels responsables du carnage. Peut-être sentions-nous que l'assassinat du commandant Massoud, en Afghanistan, quelques jours plus tôt, avait été le signal pour le patron d'Al-Qaïda...

J'ai été d'autant plus touché par ces attentats que je connais très bien New York. Je m'y suis rendu sept fois. À New York, chaque quartier a sa propre petite caserne. Grâce à nos équipes sur place, nous avons permis aux téléspectateurs de se rendre compte que les hommes du feu étaient devenus les héros et les hommes forts de la ville. C'est la deuxième image que je garderai de ce drame.

La troisième, ce sont les deux faisceaux lumineux qui ont remplacé les Twin Towers pendant des années. J'étais là, à 50 mètres, le jour de leur installation. Nous réalisions une émission spéciale pour les cinq ans des attentats. Nous étions en septembre, il faisait beau. Les terrasses étaient bondées. La vie avait repris.

Le jour des attentats, par contre, au moment fatidique, je n'étais pas à la rédac. Raison pour laquelle j'ai géré la deuxième édition. Pour celle-ci, nous ne pouvions strictement rien préparer. C'est ça aussi, le côté excitant de ce genre d'actu, en dépit de son caractère absolument horrifiant. On découvrait l'impensable : l'Amérique, la plus grande puissance mondiale, était attaquée. Avec un président, George W. Bush, dont le visage laissait supposer qu'il n'allait pas maîtriser la situation. Mais qui aurait pu ?

Je ne dirais pas que c'est un grand souvenir, mais c'est indéniablement un souvenir marquant. Peut-être un peu plus pour moi qui suis fasciné par les États-Unis. Ainsi, voir Trump inculpé à plusieurs reprises et qui, malgré tout, essaie de survivre tandis que Joe Biden est totalement inexistant, c'est assez surprenant. Je me demande toujours comment le Parti démocrate ne parvient plus à faire émerger une figure du genre de celle de Barack Obama. Kamala Harris était prometteuse, mais n'a pas réussi à s'imposer. C'est ça qui est incroyable dans ce pays où l'on peut être candidat à la présidence depuis une cellule de prison. Trump, finalement, incarne cette Amérique profonde, violente, qui vomit les « élites » et décide de fondre sur le Capitole pour faire chavirer une démocratie à laquelle elle ne croit plus. Un pays aussi où les gens sont capables d'installer Obama à la Maison blanche avant d'y envoyer Trump huit ans plus tard. Pourquoi ce peuple est-il si versatile et violent ? Est-ce la logique du *struggle for life* qui oblige les plus démunis à travailler jusqu'à la mort ? C'est tout cela qui me passionne. L'Amérique ne me fait pas rêver, mais elle me fascine parce qu'elle me fait réfléchir et me convainc que nous sommes quand même très bien chez nous.

Juste avant l'élection de Trump, je me suis rendu dans le Montana pour y faire une série de photos de paysages et d'une population presque oubliée de Washington qui était convaincue que Trump était son sauveur et son champion.

Là-bas, les fusils d'assaut foisonnent et se vendent comme des petits pains. On y fabrique des armes de guerre en plastique rose pour les petites filles. On n'y croise aucun afrodescendant, alors que les États-Unis sont pourtant un pays où se côtoient de nombreuses communautés. Quand je suis revenu de là, j'ai compris que Trump allait gagner. L'image que nous avons de l'Amérique est tronquée : l'Amérique, ce n'est pas New York ou la Californie, ce sont des populations rurales, pauvres, qui vivent dans des conditions parfois très rudes, des zones où lorsqu'on arrive dans un bar, on découvre des flingues posés à côté des bières. Et où l'on sent très vite qu'en tant qu'étranger, on n'a pas intérêt à bouger un cheveu. C'est cela aussi, les États-Unis, c'est cette réalité violente.

CHARLIE, BRUXELLES

Les attentats de New York ont été particulièrement marquants sur le plan journalistique, tout comme ceux de Bruxelles et de Paris, mais personnellement, c'est l'attaque de *Charlie Hebdo* qui m'a le plus frappé.

Charlie, c'est ma génération, comme *Hara-Kiri*. Quand les terroristes sont entrés dans la rédaction avant d'assassiner Charb, Tignous, Cabu, Wolinski et les autres, ma première réaction a été de me dire que, cette fois, la guerre était là, chez nous. Et au-delà des journalistes, c'est surtout un esprit qu'on assassinait.

Quand des journalistes sont tués, je ne réagis jamais de manière corporatiste. C'est d'abord un drame humain que rien ne pourra jamais excuser. Les avocats qui défendent les terroristes me font parfois bondir quand ils tentent de justifier des actes ignobles par une enfance difficile ou des problèmes psychiatriques. Il est évident que pour commettre un attentat, il faut avoir des problèmes psychiatriques. Je respecte beaucoup les avocats et je suis fasciné par le côté parfois théâtral de cette profession, qui présente quelques points communs avec celle de journaliste. Mais j'ai du mal à accepter que certains défendent l'indéfendable, comme l'attentat, le viol et la pédophilie, en parlant de l'enfance difficile des accusés. En revanche, jamais je ne défendrai la peine de mort. Comme le disait Carine Russo, si je devais changer d'avis à chaque fois qu'un événement me touche, je n'arrêterais pas de retourner ma veste. La peine de mort n'est pas défendable. Elle ne change rien au destin ni des assassins ni des victimes, elle n'est que le porte-drapeau bien commode de ceux qui prônent la vengeance. Les criminels comme ceux-là doivent être punis très sévèrement par des années de prison, pas par la loi du talion.

Le procès des attentats de Bruxelles, à cet égard, s'est montré exemplaire, selon moi. Un drame que j'ai vécu de près et qui a démarré, pour ma part, d'une manière singulière.

Je n'habite pas très loin de la RTBF, mais aussi d'une caserne de pompiers. Ce jour-là, alors que je me trouvais au rond-point Meiser pour me rendre au boulot, j'ai vu plusieurs camions de pompiers débouler pied au plancher en brûlant les feux rouges. J'ai malgré tout eu le temps d'entrevoir la tête des pompiers, qui en disait long sur l'ampleur de la catastrophe.

Je suis arrivé à Reyers. Tout était sens dessus dessous. À tous les niveaux. Au-delà du chaos qu'ont vécu les journalistes de la RTBF sur le terrain, nous avons été touchés au cœur puisque notre collègue Michel Visart a perdu sa fille dans l'attentat de la station de métro Maelbeek. Michel a par la suite témoigné plusieurs fois sur nos antennes pour expliquer le drame qui le touchait. Des interviews qui lui ressemblaient, d'une dignité incroyable et sans témoigner d'aucune volonté de vengeance. Je ne sais pas comment j'aurais réagi à sa place. Ce qui est terrible dans un événement pareil, c'est qu'on connaît toujours quelqu'un, de près ou de loin, qui est touché directement ou indirectement. On se dit alors que cela aurait très bien pu nous arriver : on prend tous l'avion ou le métro.

Les émissions que nous avons réalisées en direct étaient loin d'être évidentes. Il fallait rester professionnels, ne pas se laisser submerger par l'émotion alors que des morts étaient là, à quelques kilomètres de nos studios. Ça s'apprend avec l'expérience, mais c'est fondamental. C'est la fameuse devise de la BBC : « *unemotional* ». Ne pas montrer ses sentiments, ne pas tomber dans la dramatisation excessive ou l'empathie exagérée.

Les JT spéciaux à l'occasion de ces attentats ont été, il me semble, un exemple de ce que doit être le travail journalistique de service public : sans sensationnalisme, même si nous avons montré certaines images horribles mais nécessaires pour expliquer la réalité des faits. On ne doit pas tout montrer, mais on ne doit pas cacher certaines évidences, fussent-elles atroces. J'ai la naïveté de croire qu'en 1938, si les médias avaient montré certaines images, on aurait peut-être pu éviter la folie des camps de concentration.

Les attentats de Bruxelles ont aussi été, sur le plan purement professionnel, un challenge incroyable. Comment faire émerger la cohérence d'un chaos qui nous oblige à travailler dans un rush incroyable ? La réponse est simple : avec professionnalisme. Chacun, dans un moment pareil, sait qu'il doit sortir le meilleur de lui-même, sans état d'âme. Et assez paradoxalement, sans énervement. Certes, il y a du stress, mais pas d'excitation artificielle. Sinon, on va dans le mur. La clé, c'est la confiance. Je ne suis pas militariste pour un sou, mais je dirais qu'il y a malgré tout une chaîne de commandement. Et tout le monde y trouve sa place quasi automatiquement et naturellement, avec ses compétences et son expérience. La pire des choses, c'est d'essayer de tout contrôler. Il faut aussi laisser une part à l'improvisation, à l'imprévu auquel il faut réagir. Un peu comme les services de secours, en somme. Faire le tri entre l'essentiel et l'accessoire. Le journalisme de guerre... en Belgique.

LES CCC

Bien des années avant les attentats de Bruxelles, dans les années 1980, une autre vague d'attentats m'a touché, celle orchestrée par les Cellules communistes combattantes, les célèbres CCC. C'est une histoire familiale. Mes parents étaient proches de ceux de Pierre Carette, la tête pensante des CCC, qui avait un frère, militaire proche de l'extrême droite, et une sœur, qui enseignait l'informatique à l'ULB et ne serait jamais nommée à cause de sa fratrie, ce que j'ai toujours trouvé injuste. L'ULB, qui est pourtant mon Alma Mater, invite au libre examen et à ne pas condamner les gens pour leurs idées, et encore moins pour leurs relations. Ce que l'institution a fait dans ce cas n'était absolument pas correct. Heureusement, la sœur de Pierre Carette a quand même fini par occuper des fonctions qui correspondaient à ses qualités.

La famille Carette m'a montré que des enfants élevés de la même manière peuvent prendre des chemins totalement différents. J'en parlais souvent avec mes parents en leur expliquant que je ne comprenais pas que des enfants issus du même milieu pouvaient endosser des opinions politiques aussi radicalement différentes, surtout dans une famille où l'éducation était humaniste.

Au moment des attentats des CCC, beaucoup de rumeurs ont circulé sur le compte de Pierre Carette. Certains voyaient dans ses actes le prolongement des tueries du Brabant, dont on disait qu'elles étaient organisées par l'extrême droite. Mais Carette était profondément gauchiste, proche d'Action directe. Courait aussi la rumeur selon laquelle « certains » avaient laissé faire les Tueurs du Brabant et les CCC parce qu'ils étaient partisans de la mise en place d'un État fort, et cela n'a jamais pu être vérifié. Ce qui est sûr, c'est que Carette, Sassoye et Vandegeerde étaient des radicaux d'extrême gauche. À l'époque des attentats, j'ai réalisé un reportage à l'endroit où ils avaient une cache à Charleroi, que la Sûreté de l'État surveillait. Le jour de leur arrestation, nous avons évidemment filmé leur cache, mais aussi la planque des agents de la Sûreté ; celle-ci nous a appelés le lendemain pour nous demander de ne pas diffuser les images.

LE TERRAIN : LA GUERRE DU GOLFE, DJIBOUTI, PÉKIN, SYLVIE…

J'ai eu la chance de voyager pas mal dans mon métier de journaliste. L'un de mes déplacements les plus marquants a sans doute été l'Irak. Je suis parti à Bagdad juste avant le déclenchement de la première guerre menée par George Bush père. Les Irakiens détenaient à cette époque ce qu'ils appelaient des « *guests* », traduisez par otages, du type personnel d'ambassade. Des Belges étaient coincés là-bas. On m'a envoyé avec un journaliste de la VRT et très peu de moyens, ce qui n'empêchait pas une grande solidarité entre les équipes. Nous logions en dessous de l'étage de CNN qui avait phagocyté la moitié de l'hôtel, et à côté de l'équipe de la BBC. C'est d'ailleurs le monteur de la télévision publique britannique qui nous a sortis de la mouise et qui nous a aidés à monter nos sujets.

À la base, ma hiérarchie n'était pas d'accord que je parte, car le danger était réel. Notre visa était d'ailleurs très court. Je suis malgré tout resté quelques jours de plus, parce que le boulot le nécessitait, malgré la désapprobation de mon rédacteur en chef qui voulait me rapatrier. Il avait raison. Il a d'ailleurs rédigé une note de service à mon encontre qui était tout à fait justifiée, parce que j'avais fait une belle connerie. Ces fameux jours de plus auraient pu me coûter la vie : j'ai sauté au-dessus d'une haie pour atteindre plus vite l'endroit d'où je devais envoyer mon reportage à Bruxelles. Je me suis retrouvé mis en joue par des Irakiens. Ce n'était pas malin. Autant dire que j'ai ensuite bien décompressé avant de quitter ce pays.

Je me suis également rendu à Djibouti, un petit paradis pour le photographe amateur que je suis, situé dans la corne de l'Afrique où les couleurs au lever du jour sont somptueuses. Hélas, ce pays, c'est la beauté au cœur de la pauvreté qui assomme des gens pourtant très généreux, comme c'est souvent le cas dans ces pays : moins on a, plus on donne. J'ai été marqué par la puissance de la Légion étrangère et des premiers soldats américains qui ont pris le pouvoir à leur arrivée. Une puissance et une omniprésence qui peuvent poser question.

J'ai aussi été marqué par mon voyage à Pékin dans le cadre des Jeux olympiques en 2008. Nous les avons abordés sous l'angle des droits de l'homme. J'y ai passé un moment particulier avec ma collègue et amie Sylvie Duquenoy, journaliste de talent, bien trop tôt disparue, en 2020. Je la connaissais depuis l'époque où la RTBF de Charleroi travaillait avec Télésambre, vers la fin des années 1980. Au-delà d'être une grande bosseuse, Sylvie était très créative et débordait d'idées. Elle était partie pour la capitale chinoise trois jours avant moi; la RTBF nous avait réservé des chambres dans un grand hôtel international. C'était mal connaître Sylvie qui avait le goût du terrain : oublié le grand hôtel, elle nous a trouvé un *hutong*, une espèce de maison d'hôtes dans un miniquartier. Les *hutongs* dépendent du Parti communiste et sont réservés aux Chinois ; jamais les étrangers n'y logent. Sylvie m'a donc prévenu du changement de programme en me précisant que j'allais adorer, mais qu'il y avait juste un petit problème que je découvrirais en arrivant, sans m'en dire plus. Le problème en question ? Je mesure un mètre 92 et les lits chinois sont plus petits.

Au-delà de cette anecdote, cette expérience a été assez incroyable. Au fil des jours, nous avons découvert par exemple que tous les hôtels autour du Nid d'oiseau, le stade olympique, étaient de faux bâtiments : des devantures en carton-pâte sans rien derrière ! Nous ne pouvions évidemment pas passer à côté, nous avions notre angle. Le challenge pour notre cameraman était donc de prendre à la fois les images de ces faux hôtels et celles de la cérémonie d'ouverture. La pression était assez intense, car, à tout moment, nous risquions de voir la police chinoise nous tomber sur le râble.

Nous avons passé un incroyable moment de travail tout en nous amusant. Quelques semaines plus tard, Sylvie m'annonçait qu'elle faisait une récidive de son cancer du sein ; celui-ci ne la lâcherait plus. Ça m'a fait beaucoup réfléchir, à la maladie et au rapport aux autres notamment. Quand on vit en groupe dans une rédaction, on ne se préoccupe pas toujours assez de ceux ou celles qui sont touchés par un problème de santé. Parce que souvent, le métier prend le dessus. C'est désolant, mais c'est comme ça. On rencontre des gens qu'on côtoie tous les jours, on leur demande comment ils vont, alors qu'on sait très bien qu'ils ne vont pas bien. C'est la logique du boulot et de la vie.

J'ai aimé cette période où je me rendais régulièrement à l'étranger. Comme à Sarajevo, où nous avons couvert la signature des accords de paix après la guerre des Balkans. Nous avons réalisé un véritable tour de force à cette occasion. Nous avons travaillé avec les cameramen locaux qui étaient en fait ceux d'Emir Kusturica. Sarajevo, très petite ville, était divisée en plusieurs quartiers, musulman, serbe, etc. Entre chaque séquence de l'émission spéciale et grâce à nos locaux et aux taxis, nous déplacions le matériel pour faire le direct suivant dans un autre quartier. Nous avons fait la présentation dans quatre lieux différents, comme si nous avions quatre envoyés spéciaux.

Sarajevo m'a beaucoup marqué. Non seulement parce que la ville avait été totalement ravagée par la guerre, mais aussi par l'absence d'une génération entière. Aux terrasses des cafés, il y avait des femmes et des jeunes, mais aucun homme adulte : tous avaient été décimés par la guerre. Aujourd'hui, en y repensant, je fais le parallèle avec la crise du Covid, un autre type de guerre : à la sortie du confinement, il y a eu une sorte de libération où tout le monde revivait et n'avait qu'une envie, envahir les terrasses pour passer du bon temps. Sauf qu'à Sarajevo, tout un pan de la société ne pouvait pas revivre…

Le terrain me manque, je l'avoue. Et si je me permets parfois, avec une certaine « autorité », de dire à des journalistes que j'aurais tourné le sujet autrement, c'est précisément parce que j'ai fait du terrain. Quand on a « fait » la rue de la Loi ou Val Duchesse jusqu'à 6 heures du matin, on peut donner des conseils à ceux qui le font aujourd'hui. Le métier s'apprend en passant par différents stades. Souvent, les étudiants me demandent ce qu'il faut faire pour être présentateur du JT. Ma réponse est toujours la même : il faut d'abord et avant tout être journaliste, traiter le fait divers ou le fait politique au coin de la rue. Sans ça, pas de crédibilité. J'ai fait de la politique, du fait divers, de l'international. Un bon journaliste doit se créer une palette d'expériences au fil des ans. Vivre des coups durs, aussi, parce que c'est là qu'il se révèle. Oui, tout ça, le terrain, ça me manque parfois. Tout comme ça manque à Ophélie Fontana, Véronique Barbier, Nathalie Maleux, Laurent Mathieu, Mariam Alard et Bruno Clément, le patron du JT, qui ont toutes et tous commencé et engrangé de l'expérience sur le terrain. Si demain, on m'appelait parce que je suis le seul journaliste disponible pour couvrir un événement à Bruxelles, Charleroi ou Liège avec un jeune cameraman, je le ferais sans souci et j'aurais la crédibilité nécessaire, parce que je l'ai fait avant. Il n'y a rien de pire qu'un présentateur qui n'a pas fait de terrain. Et de mon siège de présentateur, quand je vois des collègues qui sont au bout du monde pour réaliser des sujets passionnants, je me dis souvent qu'ils ont une chance folle, mais qu'ils prennent aussi des risques. Il y a quelques mois, j'ai lu une série d'articles de Florence Aubenas réalisés en immersion complète, et j'ai véritablement été transporté. Ce qui est merveilleux dans le reportage de terrain, comme dans une interview, c'est la rencontre. On va vers les gens. Pour la fameuse affaire Steinier, je me suis retrouvé, avec mon cameraman Patrick Destiné, sur des terrains où la police cherchait le corps du journaliste avec des personnes, disons, que je ne fréquente pas au quotidien. Il n'y avait pas de GSM à l'époque et à un moment donné, il a été nécessaire d'appeler la rédaction. Il y avait sur ce terrain une maison, ou plutôt une cahute, où je me suis rendu pour tenter de téléphoner. Nous avons voulu indemniser les propriétaires pour le coup de fil, sauf que nous n'avions pas d'argent. Nous y sommes retournés le lendemain avec une bouteille et des pralines pour les remercier ; nous avons alors tissé un lien. C'est ça, le journalisme, des rencontres, parfois brèves et fortuites, mais intenses. Des moments fabuleux que j'adore avoir vécus avec les techniciens. Mais place aux jeunes...

Côté intime

PARTOUZEUR...

Être soupçonné de faire l'apologie ou de démolir des gens, des villes, ça fait partie du jeu quand on est un journaliste et un homme public. On vous fait parfois une réputation hallucinante. C'est assez terrible, mais ça ne m'empêche pas de dormir. De temps à autre, des amis m'appellent pour me raconter ce qui circule sur mon compte. Plus jeune, ça me faisait mal, surtout quand le flingage était injuste. Mais je suis arrivé à un âge où ma carapace est efficace. Et où j'en ris beaucoup, faisant mienne une expression que me répète souvent Marie et que j'aime énormément : « Il vaut mieux faire envie que pitié. » Par contre, je déteste l'expression « rançon de la gloire ». D'abord, de quelle gloire parle-t-on ? Et puis doit-on payer une rançon simplement parce qu'on est connu ?

C'est peut-être cette rançon qu'a voulu me faire payer un média en particulier, ce torchon de *Pan / Père Ubu* qui, en pleine affaire Dutroux, a prétendu que je participais à des partouzes. Ce qui, d'abord, est faux, et puis n'est pas un crime, que je sache. Selon cette gazette, je m'adonnais donc au sexe de groupe dans les locaux de la RTBF et mes ébats avaient en outre été filmés !

J'avoue que cet épisode m'a touché à l'époque, surtout parce que c'était difficile à vivre pour mon entourage. Pour une fois, j'ai évidemment réagi, notamment par l'intermédiaire de mon ami l'avocat Marc Uyttendaele qui a obtenu, chose rare, le retrait de tous les exemplaires des librairies, avec astreintes à la clé. La volonté du média était clairement de me détruire au travers d'un fantasme qui était dans l'air du temps et qui partait du principe, comme c'est toujours le cas aujourd'hui, que si on est un homme public, on a d'office un comportement sexuellement débridé.

C'est une logique d'extrême droite qui vise à déstabiliser les institutions. Mais *Pan* a fait *flop*. Et a été rapidement condamné grâce à la réaction de mon avocat qui, heureusement, a senti que l'affaire était plus grave que je ne le pensais, sans que je sache d'où elle venait. Même si j'ai eu des doutes sur un collègue malsain et envieux, je ne pense pas qu'elle est née au sein de la RTBF, qui m'a d'ailleurs soutenu de manière inconditionnelle.

Cette regrettable et lamentable histoire est heureusement le seul déboire que j'ai dû subir dans ma relation aux médias. C'est aussi parce que je reste relativement éloigné de la presse *people*. Je n'aime pas ouvrir les portes de mon lieu de vie, ou de ma vie tout court, d'ailleurs, et ce, en dépit de la bienveillance de la presse à mon égard. Il arrive parfois que je m'en prenne plein la tête parce qu'en tant que figure de la RTBF, j'incarne certains dysfonctionnements. Je l'assume. Mais de manière générale, je ne suis ni bien ni mal traité par les médias. Simplement de manière juste. L'un ou l'autre journaliste, qui avaient une dent contre moi, se sont amusés à tenter de me déstabiliser en me critiquant à outrance de manière totalement injustifiée. Des envieux, des frustrés... Peut-être, mais avec le temps, ils restent insignifiants. L'important est ailleurs.

LE COVID

Les moments forts sont souvent liés à des événements ponctuels. Ou, à tout le moins, qui ne s'étalent pas indéfiniment dans le temps.

Avec le Covid, il en est allé tout autrement. Deux ans à ne parler presque que de cette maladie et de ses conséquences, c'était du jamais vu. Je me souviens comme si c'était hier de mon tout premier lancement sur un virus découvert en Chine qui commençait à inquiéter, alors qu'aucun cas n'avait encore été détecté en Europe. C'était en octobre. Et sincèrement, en lançant le sujet, j'ai senti confusément, comme beaucoup d'autres, que ça allait être, pour parler clair, la merde.

Tout le monde sait que les virus ne connaissent pas les frontières. Déjà à l'automne 2019, les scientifiques nous disaient : « On ne sait pas où on va, mais on y va vite. » Bien sûr, il y avait eu le SRAS et Ebola en Afrique, mais on sentait qu'avec le Covid, c'était une autre dimension. Le problème était que nous n'avions pas de preuves. Sans doute n'avons-nous pas voulu mettre le feu à un seau d'eau. Sauf que ce n'était pas un seau d'eau, mais un vrai brasier qui couvait. Et qui n'a pas tardé à se déclarer chez nous avec ces images terribles de gens qui étouffent, avec les premiers morts. Et avec ce choc terrible de découvrir que les hôpitaux n'étaient pas prêts. J'ai encore en tête ce reportage montrant le corps médical portant des masques de plongée Decathlon pour se protéger. Hallucinant ! Je me rappelle également ce sujet de notre correspondante en Italie, Valérie Dupont, montrant une salle entière remplie de gens sur le ventre, sous respirateur. L'infirmière qui s'en occupait était épuisée et expliquait qu'elle ne savait pas si un seul des malades en sortirait vivant. L'éditrice du journal, ce jour-là, était Caroline Hick, une journaliste solide, mais qui était marquée par la dureté des images. Avant le journal, elle a tenu à me montrer le sujet, tant elle doutait de la pertinence de le diffuser tel quel. Nous l'avons passé en enlevant l'une ou l'autre image insoutenable. Marius Gilbert était en plateau. Il avait les larmes aux yeux. À ce moment-là, nous tenions la preuve que le bateau était en train de couler. On ne maîtrisait plus rien. J'étais dans une situation compliquée : je devais montrer la réalité et les gens en train de mourir tout en n'en rajoutant pas, car le niveau d'inquiétude était déjà à son paroxysme.

Reconnaissons-le, nous, les médias, nous étions totalement dans le flou. Comme le monde hospitalier, qui était inquiet sans le dire. Avec ce double sentiment d'injustice et de culpabilité : quand on chopait la maladie, on trouvait ça injuste, quand on la refilait à quelqu'un, on se sentait mal. J'ai eu la chance de ne pas l'attraper.

Une autre de mes chances est d'avoir rencontré pendant la pandémie des personnes extraordinaires. Comme Marius Gilbert, bien sûr, qui avait cette capacité d'être dans la réflexion sociétale. Il avait le ton juste et avait compris avant tout le monde, le soir du premier Codeco, que nous allions vers une double rupture : d'une part entre le monde politique et le monde scientifique, parfois pour une raison purement économique, et d'autre part entre le politique et la population qui risquait de ne pas comprendre les mesures qui devaient être prises pour la protéger.

L'infectiologue Leïla Belkhir, précise et pédagogue, a aussi fait un boulot remarquable. Comme Charlotte Martin, Emmanuel André et Yves Coppieters. Autant de spécialistes qui sont venus sur notre plateau pour décrypter, prévenir, rassurer. Je garde d'eux des souvenirs heureux. C'est un peu bizarre d'écrire cela, surtout à propos d'une situation dramatique qui a fait des milliers de morts chez nous, mais c'est pourtant le cas. Tout comme je garderai toujours en mémoire cette image de la Wallomobile, à Charleroi, où des comédiens et chanteurs faisaient le tour des maisons de repos en chantant et en dansant à l'extérieur pour distraire les personnes âgées qui souffraient atrocement de solitude.

Durant tout ce temps, les équipes de la RTBF ont abattu un boulot incroyable. Les reportages dans le monde médical étaient d'une puissance dingue. On y a découvert la fragilité non seulement des malades, mais aussi des soignants, qui ne comptaient pas leurs heures mais dont on savait qu'ils s'écrouleraient à un moment ou à un autre. Fragilité du monde politique aussi, qui naviguait à vue. On garde tous en tête ces Codeco surréalistes du début de la pandémie. Des situations parfois ubuesques qui n'étaient d'ailleurs pas propres à la Belgique. Si un seul pays avait eu la recette miracle, tout le monde l'aurait appliquée. Et honnêtement, avec le recul, on peut dire que la crise a été bien gérée, même si on a effectivement vécu des choses étonnantes et qu'on s'interroge encore sur la pertinence de certaines décisions politiques. Le kayak…

En tant que journaliste, c'est réellement la première fois que j'ai pris conscience qu'on ne savait absolument pas combien de temps cette situation allait durer. Au cours de ces deux ans, j'ai aussi compris que l'être humain est capable à la fois de solidarité, mais également d'un grand égoïsme. On avait tous envie de sortir, de voir nos proches, nos amis. Certains ont bravé les règles. En ce qui me concerne, je me suis toujours refusé à fréquenter les restos clandestins qui fleurissaient çà et là. Quand on occupe une fonction comme la mienne, on a aussi des devoirs en termes de comportement. Ma fille et son mari, par exemple, voulaient impérativement respecter les règles à la lettre. Pendant trois mois, je suis resté avec Marie sans les voir, ni ma petite-fille de 2 ans, qui passait juste dans notre rue pour nous faire signe. Le jour où on a pu se revoir, elle est entrée en courant dans la maison et s'est arrêtée net en demandant si elle avait le droit de nous embrasser. Un grand moment d'émotion.

Ce Covid m'a beaucoup marqué. Humainement, d'abord, puis journalistiquement. Nous devions ainsi lutter au quotidien contre tous les complotistes qui nous accusaient par exemple d'être proches de firmes pharmaceutiques. La violence verbale ou écrite de certains était impressionnante. Les conditions de travail étaient épouvantables. Au sein de la rédaction, on avait installé des barrières Nadar pour que les gens ne se croisent pas. Jean-Paul Philippot, l'administrateur délégué de la RTBF, avait décidé que les émissions d'info, dont « Jeudi en prime », devaient continuer, mais que Nathalie Maleux et moi ne pouvions plus travailler ensemble pour éviter le risque de contamination de l'un à l'autre, qui entraînerait un arrêt de l'émission de quinze jours. Impossible, évidemment. Nathalie et moi avons donc bossé à une distance d'un mètre et demi et avec masques. Ce qui était logique : nous devions donner le signal aux gens que le masque était fondamental pour sortir de cette situation.

Sale période, qu'on a déjà oubliée aujourd'hui, même si on n'oubliera jamais les milliers de morts. Mais c'est la force de l'être humain de pouvoir rebondir après une terrible épreuve. Professionnellement, cela dit, la pandémie a laissé des traces, notamment dans la manière de travailler. Beaucoup de réunions se font désormais à distance, par vidéo interposée. Je le déplore : rien ne remplace le contact humain où l'on peut clairement se dire les choses les yeux dans les yeux. La vidéo a un côté mécanique que je n'aime pas. C'est aussi valable pour les interviews par Zoom, qui sont très en vogue aujourd'hui, mais qui ne remplaceront jamais le face-à-face. Je ne compte plus le nombre d'interviews préparées avec Nathalie Maleux et qui, après trois questions, ont pris une autre tournure parce qu'il s'était dit quelque chose sur le plateau. Impossible avec une interview vidéo, d'office plus lisse.

SE RÉINVENTER

Les journalistes non plus ne travaillent plus comme avant. Nous avons été obligés de nous réinventer. L'un de mes plus grands souvenirs de cette époque Covid, c'est sans nul doute l'émission « Chez vous, avec vous » présentée par Nathalie Maleux et Sacha Daout, surnommé à l'époque « Monsieur Covid » tant il a présenté des émissions sur ce thème. Avec Jean-Pierre Jacqmin et Bruno Clément, nous avons mis sur pied cette émission en quelques heures le 13 avril 2020 ; pendant plusieurs semaines, elle a été diffusée avant le JT.

Son but était de venir en aide aux gens en détresse. Chaque jour, nous recevions un acteur de la société belge qui luttait au quotidien sur le front du Covid et nous faisions un focus sur une opération de solidarité en Wallonie et à Bruxelles. Nous avons été créatifs. Même les journalistes sportifs, qui ne faisaient plus de terrain, y ont participé, notamment Vincent Langendries et Frank Peterkenne. Voilà l'exemple typique de ce qu'est capable de réaliser la RTBF. Nous en gardons tous un bon souvenir. C'est aussi une preuve que l'être humain est génial et qu'il trouve toujours le moyen de rebondir ou de s'en sortir. Qui aurait imaginé qu'un jour, nous travaillerions de la sorte ? Qui aurait pensé que certains restos feraient du *take away* ? Tout le monde s'est réinventé. Les disquaires, les libraires, la culture. Le Covid a boosté la créativité.

Et puis nous sommes devenus, je pense, plus rigoureux encore. Nous avons appris à redoubler d'efforts pour recouper nos sources, à faire confiance à de vrais scientifiques et non pas à ceux qui voulaient juste monter au créneau. Ceux-là ont d'ailleurs été balayés très vite. Il y avait une volonté de sérieux, de crédibilité renforcée par la collaboration avec ces fantastiques hommes et femmes de science. Ce qui m'a le plus impressionné, c'est le rôle social qui a véritablement été pris à bras le corps par la communauté scientifique. Elle ne s'est pas contentée de rester dans son labo.

Les scientifiques que nous invitions étaient rassurants quand ils devaient ou pouvaient l'être et donnaient l'alarme quand un pic de contaminations s'annonçait. Un dimanche, Marius Gilbert, qui n'est pas du genre à se mettre en avant, m'a appelé pour me dire qu'il serait bien qu'il puisse venir en plateau parce que la situation devenait extrêmement préoccupante. Inversement, des mois plus tard, il m'a fait comprendre que nous exagérions et qu'on était en train de créer un mouvement de panique qui n'avait pas lieu d'être.

C'est le monde scientifique qui nous a permis de remettre l'église au milieu du village, dans un sens comme dans l'autre. Comme après ce Codeco hallucinant qui s'est terminé après minuit, où plus d'un million de téléspectateurs étaient encore devant leur télé à cette heure tardive. J'étais en plateau avec Nathalie Maleux et Thomas Gadisseux. Nous avions perdu le signal avec le direct. Nous avons donc dû meubler, en compagnie de deux hommes politiques : Maxime Prévot, président du cdH, et Philippe Close, bourgmestre de Bruxelles. Tous deux ont connu ce soir-là leur heure de gloire. Ces réunions interminables étaient surréalistes.

À leur décharge, les politiques étaient aussi perdus que le reste de la population. Ils devaient prendre des décisions délicates, parfois impactantes pour la société. En s'empoignant parfois avec les scientifiques, qui, à juste titre, leur disaient que ceux qui connaissaient la gravité de la situation, c'était eux. Et c'est là que le journaliste intervenait, en confrontant les points de vue et en tentant d'expliquer les tenants et les aboutissants d'arguments parfois antagonistes.

Les journalistes, dans leur ensemble, aidés des scientifiques, ont eux aussi joué un véritable rôle social. C'était à la fois gratifiant, mais aussi inquiétant. Si on se trompait, on risquait d'envoyer pas mal de gens dans le mur. Avec d'autres présentateurs, j'étais moi-même l'une des figures de première ligne. Je devais par exemple continuer à mettre le monde politique sur la sellette tout en n'étant pas trop agressif. Il fallait que la population continue à nous faire confiance et ne bascule pas dans le complotisme ambiant qui, aujourd'hui encore, continue parfois à miner notre crédibilité.

À la RTBF, nous ne nous sommes jamais sentis dépassés par la vague complotiste, mais la politique d'intoxication, notamment via les réseaux sociaux, était difficile à contrecarrer. On nous traitait de menteurs; les *fake news* n'ont jamais autant proliféré qu'à l'époque. J'ai ainsi reçu des e-mails affirmant que mon grand-père était actionnaire chez Pfizer. Mon compte en banque aurait sans doute été ravi si tel avait été le cas.

Les réseaux ont rendu la tâche du journaliste excessivement compliquée. Aujourd'hui, la moindre info, fausse ou pas, est immédiatement relayée. Et derrière, ce sont les médias qui rament pour rétablir la vérité. Raison pour laquelle, par exemple, je n'ai jamais voulu être sur Twitter. C'est une question d'hygiène mentale. Je suis quelqu'un de réactif et ça me boufferait la vie. Ça balance sur moi ? *So what?* De surcroît, ça balance tellement vite et tellement mal que c'est oublié dans l'heure.

Cela dit, depuis cette période, l'audience du JT n'a pas diminué. C'est rassurant. Cela signifie que nous restons une source de référence. À nous de continuer à travailler du mieux que nous pouvons pour faire du *fact-checking* et démonter les fausses infos quand c'est nécessaire. Ce qui n'est pas facile, dans la mesure où le nombre d'infos qui déferlent en permanence est abyssal et qu'il faut faire le tri. Alors, à défaut d'être toujours objectifs, on essaie d'être honnêtes. C'est l'une des grandes leçons que nous devons retenir du Covid : l'honnêteté est ce qui sauvera le journalisme. Et même si ce métier s'exerce plus difficilement et que les contraintes, les exigences de production et de productivité sont plus grandes, j'y crois aujourd'hui plus que jamais.

Si j'ai autant foi en mon métier et si je reste si motivé à l'exercer, c'est aussi parce que je sais qu'il y a des thèmes de société fondamentaux dans un monde en mutation qui doivent encore être explorés, exploités, expliqués ou auxquels nous n'avons pas porté assez d'intérêt. Parmi eux, l'urgence climatique. Elle n'est pas neuve, pourtant. Et nous, les journalistes du monde entier, nous devons bien avouer que nous sommes passés à côté. Il y a presque vingt ans, ma collègue et amie Valérie Druitte m'a dit qu'il faudrait faire une émission sur les réfugiés climatiques. Je l'ai un peu snobée à l'époque. Ce n'est que des années plus tard, juste avant l'élection de Trump, que j'ai pris conscience du drame que nous sommes en train de vivre. Lorsque je me suis rendu dans le Montana pour réaliser une série de photos, ma passion, je suis tombé sur une forêt complètement desséchée. Et j'ai compris.

Chapitre 8

C'EST QUOI, ÊTRE JOURNALISTE ?

PARTAGER MON EXPÉRIENCE

C'est précisément parce que je crois viscéralement en mon métier que j'ai envie de le partager avec la jeune génération au travers des cours que je dispense à l'ULB. En tant qu'assistant, je le précise : le métier d'enseignant *full time* ne prendra jamais le pas sur ma passion du journalisme. Et je suis convaincu qu'on ne peut être un bon prof que si on a encore un pied sur le terrain. Faute de quoi, on devient un brontosaure qui radote et qui commence ses cours par « à mon époque ». Je détesterais ça et je m'ennuierais. Aussi parce que je ne suis pas Radio Nostalgie.

J'ai trop souvent côtoyé de vieux collègues qui ne cessaient de répéter que « c'était mieux avant ». Quand Jean-Jacques Jespers est venu me recruter comme prof, c'est précisément parce que je venais de sortir de l'unif et que je faisais des reportages. J'étais un jeune de terrain qui pouvait apprendre aux autres. Jespers, lui, est un prof qui se place à un niveau différent, qui explique le journalisme dans sa dimension déontologique. C'est un sage, ce que je ne suis pas.

ÉTONNEZ-MOI, DE L'INFINIMENT PETIT À L'INFINIMENT GRAND

Souvent, mes étudiants me demandent ce qu'il faut faire pour devenir présentateur du JT. Je réponds systématiquement qu'il faut avant tout être journaliste. Et si possible bon journaliste, inventif et créatif. Serge July, l'ancien patron du journal *Libération*, disait toujours à son équipe : « Étonnez-moi. » C'est exactement ce que je demande à mes étudiants. Je reçois parfois des sujets abracadabrants, mais qui me surprennent. Celui ou celle qui m'annonce une interview du Premier ministre ne m'étonne pas.

Certains, cela dit, me demandent à ce propos si je me sens encore apte à enseigner le journalisme dans un monde médiatique en mutation. Il est vrai que j'ai étudié dans un univers totalement différent, avec de tout autres moyens de production, où les réseaux sociaux n'existaient pas. C'est dès lors effectivement plus compliqué. La société elle-même est plus compliquée. Les enjeux, les situations ne sont plus les mêmes. Et les jeunes sont également dans des situations difficiles ; même ceux issus de la classe moyenne se retrouvent précarisés.

Mais malgré tout cela, quand on est journaliste, on l'est, point barre. C'était valable hier, ça l'est aujourd'hui et ça le restera demain. On est un bon journaliste quand on a envie de rencontrer les gens et de faire connaître les choses. Certes, les exigences de polyvalence et de rapidité sont plus élevées, mais je suis convaincu qu'on reviendra à un journalisme avec des focus plus précis. On retrouvera du plaisir à faire des reportages plus longs qui mélangent à la fois l'infiniment petit et l'infiniment grand. Faire uniquement du journalisme de proximité ne me paraît pas très intéressant, pas plus que de traiter quotidiennement des sujets qui se passent à des milliers de bornes de chez nous. Par contre, parvenir à marier les deux dans des formats plus longs et plus explicatifs, c'est l'avenir du journalisme. Aujourd'hui, tout va trop vite. On produit et on consomme de l'info à la chaîne.

Raison pour laquelle je crois plus que jamais au journalisme d'analyse, de décryptage et de spécialisation, mais qui doit rester ouvert sur le monde et tendre vers l'universalité. Les étudiants le comprennent d'ailleurs très bien et expriment clairement cette envie de prendre un peu de temps, par opposition aux fils d'infos où une *news* tombe toutes les trente secondes. Les jeunes sont bien conscients qu'il faut quitter le *hot news* systématique pour décrypter. Et c'est justement pour cela que c'est plus compliqué d'être journaliste aujourd'hui.

Au JT, on n'a pas le choix, on est dans l'actu chaude et les gens nous regardent pour cela. Mais ils viennent aussi pour qu'on leur explique les choses. Cette dichotomie est typique du fait divers, par exemple, souvent injustement décrié comme étant du sous-journalisme. Rien n'est plus faux. Un incendie au coin de la rue, tout le monde s'en moque, effectivement. Mais un incendie au coin de la rue et qui fait trois morts, c'est important. Parce qu'il faut savoir pourquoi ces personnes sont décédées. Parce qu'elles étaient exploitées par un marchand de sommeil ? Parce qu'elles avaient des difficultés financières et qu'elles ne pouvaient pas payer un chauffagiste ? Il faut toujours aller voir au-delà de l'info brute. C'est vrai pour le fait divers comme pour toutes les autres infos.

ÉVITER LE JT DE TROP

Étant d'un naturel optimiste, je fais vraiment confiance aux jeunes. Dans les cours que je donne, j'ai autant à apprendre d'eux que l'inverse. C'est cela qui est enrichissant. Même si j'ai bien conscience que la manière dont ils abordent le rapport entre vie privée et vie professionnelle a fondamentalement changé. « De mon temps », le boulot, c'était le boulot. On pouvait bosser 48 heures d'affilée sans se précipiter chez le rédacteur en chef pour demander une récup'. Certains sont encore comme ça et fonctionnent à l'adrénaline ; d'autres ont besoin d'espace, de plages de repos et de moments à eux. Peut-être ont-ils raison, finalement. Et ce n'est pas pour cela qu'ils sont moins passionnés. Simplement, le contexte sociologique a changé. L'environnement est plus stressant et épuisant. Et ils considèrent donc le travail comme l'un des ingrédients de la vie, mais pas forcément comme son élément central.

C'est pour cela aussi que je ne ferai pas l'année ou même le JT de trop. Je compte d'ailleurs sur mes collègues et mes patrons pour me faire sentir quand il sera temps de partir, même si je suis sûr que je m'en rendrai compte par moi-même. Le jour où je n'aurai plus d'idées, j'arrêterai. Même ceux qui ne m'apprécient pas reconnaissent que je continue à en avoir. Quand ce ne sera plus le cas, *bye bye*, les frères ! La pire des choses, c'est de s'accrocher. Et si je m'obstine, Marie, ma compagne, qui connaît bien le métier et qui sait quand quelqu'un commence à se fatiguer, me le dira, comme elle me dit clairement quand un JT a été mauvais. Pour elle, oui, je suis le plus grand. Mais juste parce que je fais un mètre 92…

Donc, pour l'heure, ça va, merci pour moi ! Je continue à faire ma petite revue de presse personnelle tous les jours à 6 h 45 avant d'envoyer aux éditeurs ce que j'aimerais voir dans le JT. J'assiste à toutes les réunions de rédaction. J'ai dû en rater deux en vingt-cinq ans… Pourtant, les réunions sont ce que je déteste le plus dans le métier. Le chef de l'info de la RTBF, Jean-Pierre Jacqmin, avec qui j'ai une relation de confiance, dit toujours, avec humour, que lorsqu'il veut m'avoir en réunion, il doit m'envoyer un bristol…

C'est aussi pour cela qu'un poste hiérarchique ne m'intéresse pas. J'ai beaucoup de respect pour ceux qui s'impliquent, mais cette logique de réunions à outrance ne fait pas partie de mon ADN. Elle nuit parfois à la prise de décision rapide et efficace. Je sais que la logique de verticalité est très critiquée aujourd'hui. Mais à un moment, quelqu'un doit trancher. Quand on ne fait que de la transversalité et de la coconstruction à cent cinquante autour d'une table, il y a une forme de déresponsabilisation. Je ne suis pas fait pour cela. Sans parler du fait que je serais un très mauvais gestionnaire financier.

Soyons clairs, les très bons journalistes ont toujours fait de mauvais patrons de télé. Elkabbach, Lescure, les exemples de ratages dans la reconversion sont nombreux. Si devenir chef, c'était s'occuper exclusivement du contenu, ce serait génial. Mais ce n'est hélas pas le cas. Un manager doit s'occuper de mille autres choses. J'en suis incapable. Quand Jean-Paul Philippot, que je connaissais de l'unif, est arrivé en tant qu'administrateur général de la RTBF, il m'a proposé un haut poste hiérarchique. J'ai refusé, parce que je savais que je serais malheureux. Les budgets, les horaires, les conflits entre rédactions, très peu pour moi.

Et puis il y a les ego à gérer. Soyons honnêtes : le journalisme est un métier où les ambitions personnelles sont très présentes. On nous le reproche souvent. Mais est-ce un mal, finalement ? Je dirais que le pire, ce sont les médiocres qui ont de l'ambition qui s'appuient là-dessus pour essayer d'imposer leur style ou leur manière d'être. Tout en justifiant leur comportement par le fameux syndrome du « premier de classe ». Ceux-là ont un problème fondamental à travailler en équipe. Or, pour moi, c'est capital. Je ne supporte pas les « gnangnans », la médiocrité, ceux qui râlent d'office contre le système, qui viennent au bureau et qui répondent, quand on leur demande comment ça va, « Comme un lundi ». Ce sont ceux-là, souvent aussi, qui n'ont pas d'idées ou, pire, qui s'approprient les idées des autres. Ce sont d'ailleurs les mêmes qui jouent les jaloux de service. En vingt-cinq ans, j'en ai connu peu, heureusement. Mais il peut y avoir des coups bas, notamment de ceux qui sont restés sur le bord du chemin. Dans l'équipe actuelle du journal, personne ne se tire dans les pattes. Cette équipe a une grande cohésion et se serre toujours les coudes en cas de problème.

Oui, il y a des ego imposants. Mais avoir un ego ne signifie pas forcément être quelqu'un d'exécrable, et si on s'en sert pour faire un bon journal, *why not?* L'ambition pour l'excellence ne me pose aucun problème. Mais si le but est de s'en servir pour s'imposer, pour écraser les autres, je dis non.

À titre personnel, je n'ai jamais joué des coudes ni glissé des peaux de banane pour obtenir ce que je voulais. Je reste très respectueux des qualités professionnelles des autres. J'ai aussi des *alter ego*, notamment parmi les jeunes. Laurent Mathieu, Sacha Daout, Mariam Alard sont de fringants rouleaux compresseurs, mais je ne leur ai jamais mis de bâtons dans les roues, que du contraire. Nous échangeons parfois nos invités et partageons la même ligne éditoriale. Nous nous apprécions professionnellement. Et pour l'anecdote, il nous arrive de nous voir en dehors du boulot.

Mais il faut reconnaître que dans les médias comme en politique, il y a beaucoup d'appelés et peu d'élus. Le milieu journalistique peut être très dur, sans être la jungle pour autant. Parce que la cohésion existe aussi, et que des liens se tissent. Ma relation avec Nathalie Maleux est là pour le prouver. On sait qu'on peut compter l'un sur l'autre en cas de coup dur.

Je reconnais néanmoins que vingt-cinq ans à la tête du JT, ce n'est pas banal. Et pourtant, cette longévité peut parfois interpeller. Je ne peux pas vraiment l'expliquer. D'autres sont partis par eux-mêmes, comme Anne Goderniaux. Elle a eu le mérite de lancer le JT de 13 h, de lui donner une force et une couleur. Elle est ensuite revenue au 19 h 30 avant de bifurquer vers la radio. C'est quelqu'un qui me subjugue. Une grande professionnelle, enjouée. Elle a fait un choix. Bien sûr, parfois, quitter ce poste très envié n'est pas un choix personnel. Ça peut aussi être le patron, l'administrateur général de la RTBF qui décide. C'est normal. Et c'est d'ailleurs coulé officiellement dans notre contrat de gestion. Il ne le fait pas seul, bien sûr, mais en concertation avec le directeur de l'info notamment, il a le « *final cut* ».

Et puis il y a le public. Sans son adhésion, rien n'est possible. On ne peut évidemment pas faire l'unanimité, mais malgré ça, il faut quand même se blinder. Parce que parfois, les critiques sont injustes et elles font mal. D'autres font partie du jeu. On me reproche par exemple de faire des phrases trop longues. Cela peut paraître un détail, mais là aussi, j'essaie de faire des efforts et d'être plus dans le questionnement que dans l'explication dans mes présentations. Il faut donner l'envie au spectateur de découvrir ce qui va suivre, éveiller sa curiosité. C'est un métier où il faut se remettre quotidiennement en question.

À CÔTÉ DE MES POMPES

D'autres encore me reprochent d'être trop à l'aise. C'est loin d'être le cas : j'ai toujours la boule au ventre avant le début du JT. Simplement, elle dure deux minutes aujourd'hui alors qu'il y a quelques années, elle restait là pendant toute la durée du JT...

Si j'ai l'air relax, c'est sans doute parce que je sais qu'on s'en sortira toujours. Lors de la vague d'attentats, je me souviens qu'on descendait en studio avec Justine Katz sans la moindre préparation; vu l'intensité de l'actu, on travaillait dans l'urgence. Parfois, je lui demandais juste avant l'antenne : « Tu dis quoi ce soir ? » Elle comprenait : « Tu fais quoi ce soir ? » Et elle me répondait : « Des œufs sur le plat »...

Si les spectateurs nous avaient entendus, ils se seraient demandé qui étaient ces deux clowns. Ça ne nous empêchait pas d'être très concentrés au moment du direct. Ce n'est pas parce qu'on a l'air relax qu'on fait son boulot à la légère. C'était notre manière de décompresser.

Présenter le journal en chaussettes n'implique pas non plus que l'on ne soit pas impliqué. Après une longue journée de boulot, avoir les pieds décontractés, ça fait du bien. Je dis toujours en boutade que c'est ma manière d'avoir les pieds sur terre. Ça n'empêche pas les techniciens de se moquer de moi quand j'ai un trou dans une chaussette. Ça détend l'atmosphère. La seule exception à cette habitude est celle du dernier sujet du JT, avant de passer à « Jeudi en prime », car je dois traverser le plateau devant les caméras... Il faut aussi savoir rire de soi dans ce métier, et les anecdotes sont le sel de la vie.

Enlever mes chaussures est une sorte de rituel. Et ce n'est pas le seul : le premier est d'éteindre mon téléphone portable. J'ai également toujours un Bic sur le bureau. Mes clés et mon portefeuille sont systématiquement à côté de moi. Quant à la caméra, je la fais baisser d'office. Je ne sais pas pourquoi, d'ailleurs.

Mais le plus important de tout, c'est sans doute le moment du maquillage. Et les maquilleuses le savent très bien : elles sont là aussi pour faire tomber la pression quand elles sentent qu'elle est forte, notamment en parlant de tout autre chose que du JT. Pour moi, ce sont les dix meilleures minutes de la journée. Une sorte d'apnée intellectuelle qui fait un bien fou. Parce que faire un journal, c'est stressant. On est dans une ruche permanente. Le bureau des présentateurs, au milieu de la rédaction, n'est pas fermé, pour que l'on soit en contact permanent avec les journalistes. Mais nous sommes quand même un peu isolés, parce que nous avons besoin de calme, notamment pour écrire les lancements ou les titres, qui doivent avant tout être informatifs. Ce qui ne m'empêche pas de faire un jeu de mots de temps à autre pour détendre l'atmosphère. Mon dernier en date était à propos d'une échappée de Remco, où j'ai lâché : « Evenepoel s'entête »... ce qui n'a pas fait rire les sérieux.

Là encore, les moments de détente avec de petites blagues ne sont pas incompatibles avec la rigueur nécessaire à la construction du JT. Ils sont même importants, car les aléas sont énormes : les problèmes techniques, les sujets qui ne sont pas prêts ou qui ne partent pas, une traduction mal faite... Et puis il y a les modes qui changent et qui font qu'on doit s'adapter en permanence, comme présenter debout. Ce qui m'a d'ailleurs obligé pendant un moment à remettre mes chaussures. Toutes ces tendances, ces changements de style ne sont pour moi guère essentiels. C'est du cosmétique.

RESPONSABLE DE TOUS LES MAUX

Bien sûr, les esprits chagrins diront que par mon expérience, je profite de l'aura et des avantages de la hiérarchie sans en avoir les inconvénients. À ceux-là, je répondrai que les emmerdes, je les ai aussi : être quotidiennement à l'antenne me rend parfois, dans l'esprit des gens, responsable de tous les maux et de toutes les fautes de la RTBF. C'est ma tête que les gens voient. Je n'ai pas l'impression d'avoir le beurre et l'argent du beurre, parce que j'en prends aussi parfois plein la figure. En termes d'audience, par exemple, le JT a eu des périodes de flottement, même si elles sont excellentes depuis quelques années. Et qui était l'incarnation des mauvais résultats ? Le présentateur ! Ça fait partie du métier, mais ce n'est pas toujours très gai… *A posteriori*, j'en ris. J'ai cette chance d'avoir un caractère insouciant (ou inconscient ?) qui me fait relativiser beaucoup de choses. Mais je ne suis pas un je-m'en-foutiste, tant s'en faut. C'est pour cela que je veux que le journal soit le plus parfait possible, et moi aussi. Parce que si un bon présentateur ne fait pas grimper l'audience, un mauvais peut la faire chuter. Je fais dès lors tout ce qu'il faut pour être le meilleur possible. Quand Bruno Clément et Jean-Pierre Jacqmin m'appellent un vendredi soir, en pleine fête avec des amis, pour me demander si je peux assurer une édition spéciale le lendemain sur la libération d'Olivier Vandecasteele, je quitte la fête et je vais me coucher en prévision.

Le public s'attend à ce que je sois bon. Je ne peux pas le décevoir. Ni moi ni l'équipe. En interne, l'essentiel, c'est la qualité du travail, un JT est un travail d'équipe, donc tout le monde doit assurer. Ce qui fait que je peux montrer mon mécontentement lorsqu'une séquence n'a pas été bonne, amis ou pas. Je règle toujours les problèmes en face-à-face et dans l'instant. Certains acceptent, d'autres moins. Mais avec moi, les explications ne traînent pas, parce qu'il y a toujours l'urgence du JT suivant et que le problème sera oublié le lendemain. C'est aussi vrai quand tout roule : on s'en réjouit, mais très peu de temps parce que le JT suivant est déjà en route.

SURTOUT NE PAS S'EMMERDER

Mes débuts au JT, il y a un quart de siècle, c'était hier. La fin, c'est peut-être pour demain. Ou après-demain. Et ça ne me fait pas peur : le départ à la pension ne m'inquiète pas. Si je continue, ce sera comme journaliste, mais pas à la rédaction : il n'y a rien de pire que de devenir une belle-mère. Il n'y a rien de plus terrible que de devenir caporal-chef là où on a été général, aussi prétentieux que cela puisse paraître.

Je pourrais proposer une émission de radio, ou tout autre chose. Ma logique de vie est simple et le restera : ne pas s'emmerder. Je pourrais très bien continuer à bosser, mais je suis aussi capable de m'asseoir à une table de bistrot pendant des heures et regarder la mer en buvant un verre de blanc. Comme disait Pierre Lescure, j'ai envie de humer l'air du temps. Comme ce Grec rencontré un jour sur l'île d'Aegina : le matin, sur le petit port, il buvait son thé et mangeait un croissant. À midi, le monsieur était toujours là avec un verre de blanc et des sardines. Le soir, il n'avait pas bougé et buvait un verre de rouge avec une brochette. Un contemplatif, à la fois génial et désuet parce que ce faisant, il ne s'impliquait plus dans la vie active. Ce dont j'ai envie, moi, c'est de me consacrer aux autres.

En clair, je n'ai aucun plan, et je n'en ai jamais eu. Et ce n'est pas à 60 ans révolus que je vais commencer. Ma devise ? « Demain est un autre jour. » Je n'ai pas, comme dans le film de Wim Wenders, « l'angoisse du gardien de but avant le penalty ».

L'après ne me fait pas peur. Si je garde la santé, ce qui, par contre, est une source d'angoisse. Je suis hypocondriaque. Je n'ai pas peur de la mort, mais la souffrance me terrorise. Je mesure la chance que j'ai d'être encore bien à mon âge ; mon ami Olivier

Dewitte, neurochirurgien à Erasme, m'en a récemment fait prendre conscience. On ne se rend pas compte du nombre de personnes plus jeunes qui sont dans la souffrance.

En attendant, bon pied bon œil, je continue à faire mon métier de journaliste. Avec passion et naturel.

LA DROGUE, C'EST DANGEREUX POUR LA SANTÉ

C'est parce que je reste passionné que je vis mon boulot de manière intense et que j'ai des exigences élevées avec moi-même, mais également avec toutes les équipes. Et quand ça ne va pas, on s'explique. Mais je ne gueule plus : les temps ont changé. Je sais que dans la plupart des cas, tout le monde a donné le maximum. Quand il y a un couac technique, je sais que les jours précédents, les techniciens, qui sont tous hors pair, se sont donnés à fond pour trouver des solutions à d'autres problèmes. Quel est le sens de se fâcher, dès lors ? Pareil pour les journalistes : il n'y a pas cinq sujets par an qui posent problème. Et quand c'est le cas, il y a aussi des organes de contrôle, comme le CSA, pour remettre l'église au milieu du village.

Évidemment, il y a parfois des choses qui me restent en travers de la gorge. Comme ce reportage que j'ai dû désannoncer en rappelant que la drogue est dangereuse pour la santé. Il s'agissait d'un sujet qui faisait l'apologie de la drogue dans un festival de musique. Un véritable scandale. Le ton du journaliste dédramatisait la présence et l'usage de stupéfiants. Je n'avais pas vu le reportage au préalable. Il décrédibilisait totalement la RTBF et, à titre personnel, me choquait. Parce que j'ai vu autour de moi les ravages de la cocaïne et des médicaments. Dans le monde actuel, on peut se procurer deux choses abjectes avec une facilité déconcertante : les armes et la coke. Je n'ai moi-même jamais trouvé de plaisir dans les paradis artificiels et j'ai toujours été horrifié par leurs ravages.

Ma désannonce sur la dangerosité des stupéfiants a d'ailleurs fait florès, puisqu'elle constitue à présent la séquence de fin du « Grand Cactus » de Jérôme de Warzée, avec qui je m'entends très bien. On en rit, mais j'ose espérer que cela a permis de faire entrer le message dans la tête de certaines personnes. Ce n'est évidemment pas moi qui empêcherai les consommateurs de fumer un pétard, mais faire l'apologie des drogues dures est inacceptable. Je n'ai jamais eu d'avis tranché sur la dépénalisation des drogues, mais il faut avouer que sortir la consommation des drogues dures du champ de la justice est un risque pour la santé publique.

« C'EST MOINS DUR QUE DE DESCENDRE À LA MINE »

À la RTBF, chaque présentateur a sa propre personnalité. Et c'est très bien ainsi. Sans cela, nous aurions une image fade de passe-plats. En général, ceux qui ne durent pas dans le métier sont ceux dont la personnalité ne transparaît pas. Bien sûr, un journal ne doit pas non plus se transformer en championnat du monde des extravertis, mais avoir une personnalité ouverte peut aider. C'est le cas de Sacha Daout et de Nathalie Maleux, qui est une femme très festive et met de la bonne humeur dans ses présentations. Être expansif n'est pas une condition *sine qua non*, cela dit. Laurent Mathieu, par exemple, est quelqu'un d'assez réservé et est un très bon présentateur.

À cet égard, je dois reconnaître que nous avons la chance que la RTBF nous permette de laisser transparaître notre caractère à l'antenne. En sachant aussi que tout le monde n'est pas fait pour ce boulot, exigeant à bien des égards. Comme disait mon père quand je me plaignais : « C'est moins dur que de descendre à la mine. » Mais tout de même.

UNE CHANCE

Je dois beaucoup à la RTBF, qui m'a toujours laissé mener ma barque en presque totale liberté. Je pense d'ailleurs que c'est le propre des médias de service public. C'est un label. Dans le privé, la pression est bien plus intense. On doit toujours faire attention à ne pas heurter telle entreprise ou tel annonceur. J'ai connu à RTL un journaliste qui avait fait un reportage sur des ampoules antiperte de cheveux dans lequel il était très critique : le sujet n'est jamais passé parce que la marque concernée avait l'un des plus gros budgets pub de la chaîne. Jamais cela n'arriverait à la RTBF. Nous avons même déjà perdu des annonceurs à cause d'un sujet. C'est notre job, point barre. Grâce à des gens comme Jean-Paul Philippot, Jean-Pierre Jacqmin et Bruno Clément, aucun reportage n'a jamais été mis sous le tapis. Ce qui ne signifie pas que nous n'avons jamais eu de problèmes avec certaines personnes, ni que nous n'avons pas subi de pressions, notamment au moment des affaires de Charleroi, de Liège ou, plus récemment lors du Qatargate. Mais la direction n'a jamais plié.

À l'époque où je travaillais sur l'émission « Dossier spécial » avec Hervé de Ghellinck, nous avons réalisé une enquête sur l'insécurité en Belgique. Du pain bénit pour l'extrême droite. Le conseil d'administration, sous la pression de certains politiques, est monté au créneau en nous reprochant de faire le jeu des extrémistes. Mais l'administrateur général et le directeur de l'info ne nous ont donné aucune recommandation, si ce n'est celle de faire notre boulot. Et l'émission n'a pas dérapé. Voilà pourquoi je suis toujours resté fidèle à la RTBF. RTL a pourtant essayé de me débaucher avec une proposition salariale intéressante au moment où je commençais à prendre mon envol en tant que présentateur de la deuxième édition du JT, édition qui était marquée par une certaine liberté de ton qui trouvait sa place dans la réalisation de mon ami Eric Poivre, devenu depuis le patron des MFP (médias francophones publics). Je n'ai jamais cédé aux sirènes de la concurrence parce que je me sens bien où je suis. J'ai beaucoup de respect pour les anciens patrons de RTL, Jean-Charles De Keyser, Eddy De Wilde, Freddy Tacheny et Stéphane Rosenblatt, qui ont créé la chaîne de toutes pièces. Par la suite, hélas, Philippe Delusinne n'a su gérer l'héritage médiatique de RTL et a raté le tournant digital, car il était plus mondain que visionnaire. À quoi cela m'aurait-il servi de quitter la RTBF pour RTL juste pour une poignée de dollars, comme aurait dit Sergio Leone ? J'ai cette chance et cette force de savoir quand je dois y aller ou pas. Une sorte de sixième sens et même de septième, comme me le disait mon regretté collègue Alain Dremière, trop tôt disparu dans des circonstances tragiques.

Chapitre 9

ET DEMAIN ?

LE MÉTIER A CHANGÉ

Que ce soit pour la drogue ou les autres sujets d'actu, il faut bien constater que la société a changé. Et donc le métier de journaliste aussi. En termes de travail et de fabrication de reportages, on en demande clairement plus aujourd'hui. Quand je suis entré à la RTBF dans les années 1980, nous avions le temps de réaliser notre sujet quotidien. Désormais, un journaliste doit parfois faire un sujet pour le 13 h, une autre version pour le 19 h, sans parler du papier pour le Web.

On lui demande d'entrer dans une logique d'adaptation qui, quand il est obligé de passer d'un sujet à l'autre en permanence, est intellectuellement enrichissante, mais souvent fatigante. La surcharge et l'intensité du travail sont beaucoup plus grandes. Et ça complexifie les relations dans la rédaction, parce qu'immanquablement, la hiérarchie est dans une envie, presque une nécessité, de réaliser le meilleur JT du monde. Simplement parce que c'est dans l'ADN du journaliste, tout comme le goût du scoop. Et puis, ne nous le cachons pas, il y a aussi la furieuse envie de faire mieux que la concurrence. Tout cela rajoute de la pression.

Je pense réellement que pour les journalistes de demain, le travail sera difficile. Je m'estime chanceux et je dis souvent avec beaucoup d'ironie que je préfère être aujourd'hui un vieux journaliste finissant qu'un jeune journaliste débutant. La foi et la passion du métier restent intactes, mais pour les plus jeunes, les conditions de travail sont rudes. Mais je garde toute confiance dans la vraie passion des jeunes journalistes.

Je ne suis pas de ceux qui ont vécu dans une RTBF monopolistique puisque je me suis rapidement retrouvé face à la concurrence de RTL et de TF1, mais j'ai malgré tout vécu des années moins compliquées que celles qui s'annoncent. La nécessité de multiplier les contenus sur diverses plateformes est réellement préoccupante. On ne peut pas tout faire, et c'est pourtant ce qu'on demande aux jeunes journalistes. Inévitablement, on sera moins dans l'investigation parce qu'on devra être dans la rapidité. Et même si la RTBF reste forte en matière de journalisme d'investigation et s'efforce de proposer de belles enquêtes, elle doit rester vigilante : une chaîne publique ne peut être solide et crédible que si l'info reste son fer de lance. Si La Une a toujours autant de succès, c'est grâce à l'info : le 13 h, le 19 h 30, « Investigation », la couverture du sport par une équipe solide sont nos locomotives. Moi qui tournerai la page dans quelques années, je n'ai qu'un seul conseil à donner : maintenir le cap informatif. Et surtout, faire gaffe aux *fake news*. Les infos fabriquées pour construire une vérité alternative sont la plaie du siècle, un sujet sur lequel on pourrait écrire des centaines de pages. Je suis toujours étonné qu'on parle d'« intelligence artificielle » : dès le départ, on aurait plutôt dû parler de « monde artificiel ».

Côté intime

UN *WINE BAR* AU BORD DE L'EAU

Et si je devais changer d'orientation professionnelle aujourd'hui ? Je pense que je tenterais de réaliser mon rêve : ouvrir un *wine bar* jazz-rock au bord de l'eau. Je n'ai encore trouvé ni le lieu ni l'endroit. Et puis je suis un peu bordélique dans la gestion administrative ; je devrais m'entourer d'une équipe. Car si j'ai des connaissances musicales assez éclectiques, je ne suis pas un spécialiste du vin, en dépit de mon goût pour les bonnes bouteilles. Peut-être le ferai-je un jour, peut-être pas. Ce qui compte, c'est d'être ouvert à tout ce qui s'offre. Même si je suis et resterai journaliste jusqu'à la mort : ce métier, je l'ai dans les veines, il m'est chevillé au corps. J'ai un goût définitif pour l'info, notamment sur papier : tous les mercredis, j'achète *Le Soir* pour son supplément culture. Le week-end, c'est *Le Monde*. Je suis un passionné de la presse écrite. Déjà à l'ULB, avec mes amis du cercle de philo et lettres, lorsque nous fréquentions le foyer les lendemains de guindaille, nous lisions *Le Soir* de la première à la dernière page. Je regrette de ne plus avoir le temps de le faire aujourd'hui. C'était un plaisir et ça nous permettait de soigner notre conscience tout en n'allant pas au cours.

Je n'ai pourtant jamais travaillé pour la presse écrite et aucun journal n'a jamais tenté de me débaucher, simplement parce que je n'écris pas très bien. Je me suis toujours mieux exprimé verbalement. Mon écriture est trop synthétique, sans effets et très factuelle, ce qui correspond heureusement au style nécessaire pour une présentation de JT.

Mais je ne serais pas capable d'écrire un italique, une humeur, comme le faisait si bien le regretté Luc Delfosse pour *Le Soir*. C'est un style que j'adore lire et qui, malheureusement, n'est plus assez pratiqué. L'italique, c'est de l'impressionnisme. Comme le pratiquait si bien Marcel Leroy qui parvenait (et parvient toujours) à mettre des images dans sa rédaction écrite tout en étant un excellent conteur.

Je serais également incapable d'écrire un roman, même si j'en rêve. Mais il faut avoir dans la vie la modestie d'admettre qu'il y a certaines choses qu'on ferait mal si on s'y risquait. Si je n'écris pas, c'est aussi sans doute parce que je ne pourrais pas prendre le temps de m'y consacrer. Or, je suis quelqu'un de touche-à-tout. Écrire, c'est assez fastidieux. Et je suis un rêveur, un contemplatif positif. J'aime humer l'air du temps, comme tout bon journaliste. Ça ne signifie pas flâner en rue et regarder les devantures des boutiques, c'est lire, aller à la rencontre des gens, prendre le pouls de la société.

POPULAIRE, MAIS PAS VULGAIRE

Les années qui viennent seront donc capitales pour notre chaîne de service public, qui devra aussi se méfier d'elle-même dans sa course à l'audimat. Ce n'est pas parce que je suis l'un des présentateurs du programme le plus regardé que je n'ai pas un œil critique et que j'avalise tout ce qui se fait chez nous. Raison pour laquelle je suis par exemple très content que Benjamin Maréchal ait quitté la RTBF, parce qu'avec lui, on ne pouvait pas plus tirer les auditeurs vers le bas, et je me réjouis que cet esprit soit en train de s'étioler. Dans l'émission de Vivacité « C'est vous qui le dites », souvent critiquée, je constate que de plus en plus de journalistes crédibles interviennent. Cela permet de remettre peu à peu les choses sur les rails et de ne pas tomber dans les travers de la concurrence. On me demande d'ailleurs souvent s'il est pertinent de parler de concurrence quand on travaille pour un média de service public. À cela, je réponds toujours oui. Parce que quand on veut être le meilleur, il faut toujours se positionner par rapport à tous ceux qui font le même métier.

Concurrence ne signifie pas que tous les coups sont permis; c'est plutôt proposer quelque chose de différent. Suivre les traces de la maison d'en face, c'est se perdre à tous les coups.

Par contre, ce n'est pas parce que nous sommes un média public qu'on ne peut pas être populaire. Certains programmes de la RTBF le sont et ce n'est absolument pas déshonorant. Je dirais même que la chaîne doit avant tout être populaire, ce qui n'est pas synonyme de vulgaire. Populaire signifie toucher le plus grand nombre, tant ceux qui ont un niveau d'études élevé que ceux qui n'en ont pas fait. Le meilleur exemple, c'est La Trois, qui est à la fois intéressante et didactique en faisant « un peu de tout », comme disait une vieille pub pour les fromages belges.

UNE AMBIANCE DE RÉDAC DIFFÉRENTE

Une autre chose a changé ces dernières années, et c'est tant mieux : la pratique de l'humour sans filtre. Les blagues de corps de garde, par exemple, c'est terminé ! Le contexte évolue, et nous devons évoluer à mesure. Aujourd'hui, j'estime que si l'humour dérange quelqu'un, il faut arrêter d'en faire devant cette personne. J'ai été bercé par Coluche, *Charlie Hebdo*, Pierre Desproges, *Hara-Kiri*. Ce type d'humour n'a plus sa place dans une rédaction, parce que cela génère des tensions. Je ne punaiserai jamais un *Hara-Kiri* dans nos bureaux. Pas par crainte, mais par respect. Mais ça ne m'empêche pas de continuer à le lire. C'est cela aussi, l'esprit *Charlie* et consorts : on peut rire de tout, mais pas avec tout le monde.

Cela dit, loin de moi l'idée de faire peser une chape de plomb sur la rédaction de la RTBF. Notre force, c'est que les gens qui travaillent pour notre média sont d'origines sociales très diverses. Les strates d'âge sont également variées. On peut donc discuter de tout. On est dans l'échange permanent. Parfois de manière vive, mais toujours dans le respect et en sachant qu'on peut toujours s'enrichir des arguments des autres, même si on ne revient pas forcément sur ses positions. C'est une véritable richesse au sein de nos équipes, y compris chez les jeunes dont on pourrait croire qu'ils regardent la « vieille génération » d'un œil peu affable. Ce n'est absolument pas le cas. Certains ont également un humour au vitriol. Arrêtons de dire que la jeunesse ne rit plus ou ne sait plus rire, l'humour n'est pas une question d'âge. Certains petits nouveaux me font même hurler de rire.

En revanche, il est une chose que je combats et que je combattrai toujours : le cynisme. Parce que c'est un facteur d'anti-progrès. Je ne supporte pas qu'on se dise que, face à un drame, on peut s'en sortir avec une vanne dans une sorte de détachement. C'est d'autant plus vrai à l'antenne : jamais de *private joke* qui pourrait choquer ou exclure certains téléspectateurs.

Mais je reconnais qu'avec mon tempérament rieur, j'ai parfois l'œil qui frise. Et c'est vrai que, de temps en temps, je ne peux m'empêcher un jeu de mots à l'antenne. Comme lorsqu'à propos d'un candidat à la présidentielle américaine, j'ai lâché : « McCain a la frite ». Dans mon oreillette, le réalisateur était évidemment affligé. Tout comme le jour de l'inauguration du viaduc de Millau où j'ai terminé le sujet par « Allez, *go*, Millau »...

Ça donne un peu de légèreté. Quand on présente un journal, on ne peut pas être une sorte de frigidaire qui ne laisse transparaître aucune sensibilité. Les Anglais font cela. Résultat : les présentateurs sont comme des cubis de vin... sans le vin à l'intérieur. C'est carré, c'est parfait, que l'Angleterre gagne la Coupe du monde ou que le Roi soit assassiné. Curieux quand même quand on sait que les Britanniques sont rigolards et un peuple assez festif...

DES PROPOSITIONS POLITIQUES

Il n'y a pas que dans le monde des médias que j'aurais pu bifurquer à un moment donné de ma carrière. Deux partis politiques m'ont également fait de l'œil, deux formations totalement opposées, ce qui m'a rassuré sur mon indépendance. Le PS a tenté le coup d'abord, puis le PSC, aussi singulier que cela puisse paraître. Melchior Wathelet père, dont la vision est diamétralement opposée à la mienne, est passé par un intermédiaire pour m'approcher. Écolo ne m'a jamais appelé, par contre. J'y ai pourtant beaucoup d'amis.

À vrai dire, j'ai toujours préféré poser les questions qu'y répondre. J'aurais été un attrape-voix à qui on promettait monts et merveilles. Et puis à l'âge que j'ai, autant dire que je n'intéresse plus personne en politique.

Je ne dirais pas que chacun doit être le capitaine de son âme, mais bien que chacun doit décider seul de son propre destin. Mes parents m'ont appris ça. On peut évoluer idéologiquement, mais dans le respect de ce qui nous a construit et de ce que nous avons aimé. Sinon, c'est de l'opportunisme. Quand on triche avec soi-même, on triche avec les autres. Sans compter que le métier d'homme politique est à haut risque. C'est un travail totalement décrié où, passez-moi l'expression, ont prend sur la gueule en permanence alors que la plupart bossent pour le bien et l'amélioration de la société. Beaucoup ont des idéaux et ne sont pas récompensés, obligés qu'ils sont plutôt d'éviter les tomates.

Certains de mes anciens collègues ont fait le pas. Beaucoup se sont fourvoyés, voire carrément plantés. Avec la possibilité de revenir à la RTBF. Et là, c'est un point de désaccord avec la direction : j'estime qu'on peut bien sûr évoluer dans une carrière, mais quand on entre en politique, si on revient, ça ne doit pas être comme journaliste, car l'indépendance est perdue. Hadja Lahbib, par exemple, devenue ministre des Affaires étrangères, est suffisamment intelligente pour ne pas revenir comme journaliste le jour où elle arrêtera la politique. C'est l'une des rares qui, jusqu'à présent en tout cas, a réussi le passage du journalisme à la politique. Tant mieux pour elle, d'autant qu'elle occupe un poste compliqué dans un contexte international tendu. Moi, je ne l'aurais pas fait, parce que j'aurais l'impression de trahir un métier où on essaie d'être objectif ou, en tout cas, honnête. Se lancer en politique, c'est le feu sacré qui vous abandonne. Je n'ai jamais compris, par exemple, pourquoi Anne Delvaux est partie. C'est un choix qui la regarde, mais je ne suis pas convaincu que ça la rende heureuse sur le long terme. Elle aurait pu choisir de revenir ; elle a eu l'honnêteté de ne pas le faire.

Cela dit, beaucoup ont aussi quitté la RTBF pour devenir attachés de presse. La situation est, selon moi, différente. Il s'agit d'un job qui peut être assimilé à du service public, et un retour par la suite peut clairement apporter un plus en termes de fonctionnement ou de découverte d'un monde qu'on ne connaît pas forcément. Un attaché de presse ne défend pas une idéologie politique pour se faire élire. Évidemment, le retour doit se faire sous certaines conditions. Un journaliste qui revient d'un cabinet ne doit, par exemple, pas prendre de position qui laisserait croire qu'il défend le ou la ministre pour qui il a bossé.

Je me souviens d'un passage de Benoît Lutgen qui, en direct, a pointé du doigt un reportage de Marie-Pierre Deghaye, qui avait travaillé pour Charles Michel. Le sujet n'était pas très indulgent à l'égard du Bastognard, qui soupçonnait clairement la journaliste de parti-pris.

Par contre, j'estime qu'il est dangereux et malsain, dans le chef des politiques, de faire systématiquement le procès des journalistes pour l'étiquette supposée qui leur colle à la peau. Car tout journaliste, qui est aussi un citoyen, doit avoir une colonne vertébrale politique. Sans l'exprimer, bien sûr, sans quoi nous serions automatiquement sanctionnés, notamment par le public. Avoir une opinion ne signifie pas être encarté dans un parti politique. Chacun doit pouvoir appréhender le monde au travers d'un prisme, les journalistes autant que les autres. Mais certains politiques adorent dénoncer les soi-disant prises de position idéologiques des journalistes. Georges-Louis Bouchez, par exemple, n'a de cesse de stigmatiser des journalistes de la RTBF, notamment Bertrand Henne, qu'il accuse à demi-mots de propagande gauchiste. Je peux simplement dire que j'ai travaillé longtemps sur l'émission « Répondez à la question » et que Bertrand a toujours traité tous les invités politiques de manière égalitaire. Tirer sur une catégorie professionnelle pour qu'on ne parle pas du reste est une technique de communication chez certains politiques. L'écran de fumée, c'est facile. Surtout à l'ère des réseaux sociaux où tout va tellement vite... C'est d'ailleurs pour cela que je ne suis pas sur X (ex-Twitter), parce que je pense que répondre à ses détracteurs, c'est leur donner beaucoup d'importance. Certains sont très malheureux qu'on ne leur réponde pas, d'aucuns me rétorquent que X est une plateforme importante pour les journalistes et qu'elle constitue une vraie source d'info. Je considère pour ma part qu'on est plus souvent dans la vindicte que dans l'info pure. Comment voulez-vous avoir du fond en 280 signes ?

Côté intime

LES CORBIÈRES, MON REFUGE

Quand je ne présente pas le JT, que je ne suis pas à un concert ou à une fête, je me précipite dans les Corbières où j'ai la chance d'avoir pu acheter une maison. Mon village, coincé au pied du pays cathare, est une bourgade de septante âmes que j'ai découverte par hasard. Quand mon père est décédé, j'ai hérité d'une petite somme d'argent. Je me suis dit à l'époque que ce serait chouette d'avoir un pied-à-terre près du mont Ventoux, une région de France que j'adore. L'un de mes amis d'unif possédait une petite bicoque dans le coin. Je lui ai donc téléphoné en lui demandant si, par hasard, il ne connaîtrait pas un bien à vendre. J'ai vite abandonné l'idée : pour la somme dont je disposais, j'aurais pu m'acheter un garage, point barre, m'a-t-il dit. Toujours au téléphone, déçu, je suis retourné m'allonger dans mon divan pour regarder les fêtes de la musique qui se déroulaient à Carcassonne. Mon pote, à l'autre bout du fil, s'est alors rappelé qu'il connaissait quelqu'un à Carcassonne qui faisait dans l'immobilier.

Après avoir pris contact avec lui en précisant que je cherchais une maison pas trop chère et authentique, nous sommes donc descendus en avion à Carcassonne, Marie et moi, pour découvrir une maison qu'il avait trouvée pour nous. Elle était à une heure de là, dans la France profonde. La maison faisait partie d'une série de bâtiments qui avaient été retapés dans un village d'un calme incroyable. Pas de bistrot, pas de boulangerie, rien. C'est sans doute ça qui m'a plu. Quand je suis là, je vis autrement. J'ai une paix royale. Et, bizarrement, je sens quand je dois m'y rendre. J'ai la chance de pouvoir sauter dans le premier avion quand le besoin se fait sentir. Beaucoup de gens n'ont pas cette possibilité, j'en suis conscient. J'y trouve une solitude que j'apprécie, mais qui ne doit pas être permanente. Il est très facile de dire qu'on aime la solitude quand on a la possibilité de ne pas être seul. La vraie solitude, celle qu'on rencontre au cœur des villes chez des gens qui sont réellement seuls au monde, est terrible et ruine la santé mentale. Cette envie d'isolement est assez paradoxale quand on connaît mon caractère éminemment urbain, mais ça me fait un bien fou. Et puis la région est merveilleuse. J'y vais plusieurs fois par an et chaque fois, j'y découvre de nouvelles choses.

Les vins y sont délicieux, eux qui étaient encore tant décriés il y a quelques années. Grâce à ma maison, j'ai aussi pu découvrir le monde des agriculteurs et du vin. Un monde rude, mais où l'on se respecte. Ces gens ont l'amour de la vigne avant tout. Ce sont des passionnés qui tirent parfois à peine 250 bouteilles de leur petite exploitation.

Cette rudesse du pays me plaît, tout comme son climat et son histoire. Quand on est amateur de cinéma, voir *Le Nom de la Rose* au pied d'un château cathare est une expérience unique... Les gens de là-bas sont vrais, authentiques. Et le village est loin de l'idée sclérosée que l'on se fait parfois. Les jeunes y sont motivés, organisent des événements.

Par contre, idéologiquement, il serait compliqué pour moi de vivre une partie de l'année en France si Marine Le Pen venait à être élue présidente de la République. Si tel devait être le cas, peut-être envisagerais-je de déménager dans l'un des deux autres endroits qui me tiennent beaucoup à cœur : la région de Spa et la mer du Nord !

Je viens d'une famille politiquement engagée. Quand j'étais môme, je ne comprenais pas pourquoi nous n'allions jamais en vacances en Espagne. Ma mère m'expliquait qu'il était hors de question d'aller donner de l'argent à Franco. Nous n'achetions même pas d'oranges espagnoles. Plus tard, j'ai bien sûr compris ce que ma mère tentait de m'expliquer, ce qu'était le franquisme et la peine de mort au garrot. Nous ne sommes jamais allés au Portugal ni dans la Grèce des colonels, que je n'ai découverte que lorsque j'étais adulte. En revanche, j'ai été bercé par les films de Costa Gavras.

MARINE LE PEN ET L'EXTRÊME DROITE FRANÇAISE

J'ai un gros souci avec la France : sa situation politique. Soyons clairs, l'arrivée de Marine Le Pen donne aujourd'hui le sentiment que le RN est devenu un parti légitime. Des électeurs s'en revendiquent haut et fort sur la base d'arguments souvent irrationnels. Je connais des gens qui votent pour l'extrême droite dans des zones où l'insécurité est proche de zéro. On est là dans le refus du fonctionnement démocratique pour des raisons qui ne correspondent à rien. Avec Le Pen, on rase gratis et c'est le règne du « tous pourris ». J'ose espérer que lors des prochaines élections présidentielles françaises, les électeurs auront un sursaut démocratique, comme après le débat entre Macron et Le Pen, où celle-ci a montré à la face de la France qu'elle était totalement incapable de gérer le pays et qu'elle n'avait aucun projet économique. Sauf que cette fois, Macron ne pourra plus se présenter et a fait le vide derrière lui en laminant la gauche, devenue inexistante, et la droite, complètement déchirée. La situation en France me fait aujourd'hui penser à celle de l'Amérique avant l'arrivée de Trump. Tout cela est très inquiétant. Il y a quelques années encore, l'extrême droite se cachait. Aujourd'hui, la montée du Rassemblement national et l'éventualité que Le Pen puisse devenir présidente de la République m'inquiètent beaucoup, même si je suis de la race des optimistes. Peut-être pourra-t-on compter sur la justice, dans le cadre des enquêtes sur les emplois fictifs au Parlement européen, pour rendre Le Pen inéligible.

Conclusion

J'en ai bien conscience, ma carrière de journaliste est en train de se terminer. Ce n'est pas pour demain ni après-demain, mais ça arrive. Et ce sera très bien comme ça. Quitter mon job ne me fait pas peur. Je le ferai sans regret, sans me jeter sur la première proposition de chronique qui passe. Je prendrai ce qui vient, si ça me plaît.

Quelqu'un m'a dit un jour que pour être heureux, il faut être en bonne santé et ne pas avoir de mémoire. J'ai la santé et j'ai une tendance à « tippexer » tout ce qui m'a posé problème, tout en étant paradoxalement rancunier.

Aujourd'hui, ce que je souhaite, c'est être avec les personnes avec qui j'ai envie d'être. De faire ce que j'ai envie de faire. D'être libre. La liberté, nous, les journalistes, nous l'avons chevillée au corps, et cette farouche volonté de l'utiliser ne fait que croître.

Être libre ne signifie pas se replier sur soi-même, se couper des autres et des obligations. J'aime trop les gens, j'aime trop la vie. Et c'est pour cela que je suis toujours autant passionné par mon métier. Ce que je veux, c'est continuer à vivre, à profiter de la vie avec tous ceux et toutes celles qui ont fait ce que je suis devenu et que je ne remercierai jamais assez. Et puis je veux continuer à rêver. Je voyage dans ma tête, c'est ça qui me permet de prendre du recul, en me rappelant au quotidien que demain est un autre jour. Et que, quoi qu'il advienne, ça va d'aller...